盛可以

著

建筑 m³
伦理学

作家出版社

目录

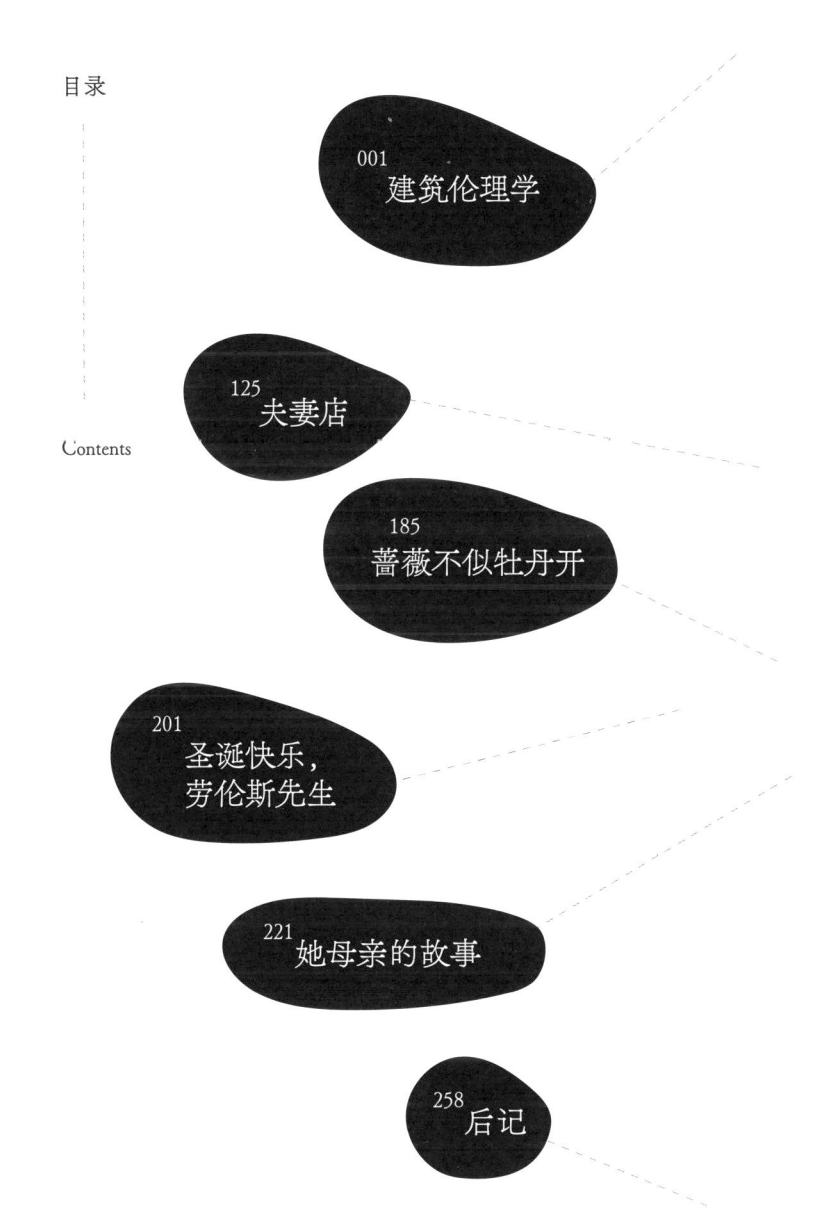

Contents

- 001 建筑伦理学
- 125 夫妻店
- 185 蔷薇不似牡丹开
- 201 圣诞快乐,劳伦斯先生
- 221 她母亲的故事
- 258 后记

中篇
1

建筑伦理学

一　基础

归根结底，坏就坏在她有一颗糍粑心，麻烦都是自己揽过来的。过去几十年，万紫远在千里之外，操心着每一个家族成员的生活与命运，解决这样那样的问题，现如今又做着一件不自量力的大事：回乡建房。

动念时，她的账户余额只有几千块，在北方置业欠下的房贷与借款尚未还清，但母亲在电话中谈论坏天气，说到雨大屋漏，墙体开裂，天花板像尿了一摊。她的心里酸楚，想起小时候漏雨的房子，雨击打接漏器具时发出的贫穷声响仍在耳边回荡，她不假思索地说，要给母亲建新房，好像她钱多得没地方花。

现有的房子是九十年代建的，算父亲大权在握时期的产物。长兄万福一家与父母亲各住一层，万紫曾出过一份资助，但没有属于她的房间。在外面漂着，就已经没人把她当作家庭成员了。这是女儿与儿子的区别,这是风俗。她不想承认这里头的冷漠,后来回乡已看不到自己的生活痕迹,床被烧了,书桌被劈了,连放着私人物品的抽屉也被撬开,厕所墙缝里塞着她的日记本残页——那时候卫生纸在乡村还没普及,甚至仍有人使用树叶或竹片——这些事,她也早就不计较了。

父亲去世后,万紫努力在母亲身上弥补"子欲养而亲不待"的遗憾,吃的、穿的、用的、娱乐的、保健的,把母亲当作孩子宠。每周和母亲通几次话,联系不上就胡思乱想,担心出了什么意外,有时候还弄得兴师动众。母亲的耳背越来越严重,每次通话,万紫总觉得声嘶力竭,后来有了网络视频,看见母亲皆好,万紫只是微笑着听,随便她絮叨什么。

母亲的话题不外乎天气、家禽,以及花花草草,一向是知足常乐的,不知道什么时候开始有了攀比心理。她在电话里说,村里头尽是赚了钱回乡建别墅的,还仔细描述倒卖钢筋的兄弟在河边修建的联排别墅如何闪闪发光,做槟榔生意的孙老板花园里的环廊八角亭如何威武气派,连承包荒田的那个文盲都盖起了崭新的四合院。在母亲的叙述中,过去那个乏善可陈的乡村,似乎在这几年间已经改头换面,人们生活美好,民宅奢阔,唯独万家的旧楼房还在丢人现眼。

"我们的房子是村里面最差的了。"母亲是这么说的。

万紫是有家族荣辱感的人,这句话极大地刺激了她的虚荣心,加强了建房的念头。房子的功能是居住,是阖家欢乐,是让母亲骄傲、面上有光、家族有脸,一栋漂亮的房子还能告白世人:"我们万家,也是出了能人的。"

退路是不必想了的。建筑成本低不了,粗略预算,即便是厚着脸皮延期还朋友的钱,强行算上未来新书版税,用点网络小额贷款,仍有一个不小的资金缺口。打开手机银行,没有意外,账面仍然是一个营养不良的数字,最美的梦想也养不肥它,只有醉酒才能让它从四位数变成八位数。恍惚间,数字和小数点摆臀扭腰,疯疯癫癫地跳起了街舞,活像几个不务正业的穷小子。真能人圈养的数字都是会自我繁殖的,细胞裂变似的繁殖,自己不过是一个被虚荣心吹起来的"能人",失败感击中了万紫。

她是四兄妹中排行最小的,上面有两个哥哥、一个姐姐,都是善良愚直之人。他们经济条件并不宽裕,读书少,文化程度低,在城里当保姆,打短工,努力活着,尽所能养家糊口。只有二哥万寿上了大学,结婚生子,工作稳定,可惜人生无常,几年前病魔掳走了他。父亲过于悲伤,紧跟着走了。母亲一个人固执地独居乡下,万紫主动承担了赡养母亲的义务。

万紫个人短暂的婚姻没留下什么，原生家庭始终是她感情的唯一寄托。亲情是一座富矿，同时也是光秃秃的经济荒山，她从没想过去那里挖点什么，但这次开始考虑这种可能性。因为万福的儿女早几年就毕业参加了工作，家中经济条件有所改善，再加上宅基地与旧屋是他们与母亲两家共有，新的建筑将来也是他们的，这时候让他们出点力、担点责任，恐怕也不算过分。

万紫决定与内当家大嫂子阿桂谈谈。

二 结构

阿桂个子很小，蘑菇头，天生苦面相，但是性格乐观随和，年轻时也蹦蹦跳跳。她是那种获得别人旧物便欢喜满足的人，身上穿着东家不要的衣服，家里堆满二手破烂物，总觉得什么都有用得着的时候。论活着的卖力程度，那是没人能与她比的。多少年给别人煮饭扫地带孩子，用粗糙结茧的双手将儿女培养成人，好歹读了些书，入了社会自食其力。

阿桂比万紫大八九岁，嫁过来之前，经常带万紫出去玩，有时也给她买件衣服，赢得了万紫的好感，建立了友情。阿桂总是笑嘻嘻的，心境豁达，什么都不往心里去，她吃苦耐劳的品德也是大家认可的。人们总拿她与万寿的妻子阿桃比较，同样是做儿媳妇，阿桃的命可是好了一大截，她只管涂脂抹粉，天真俗艳，两条纤细的鸟腿以及芭蕾舞裙般的超短裙，轻快地蹦来蹦去，回来连碗都没洗过一回。

  人们说阿桂是万家的福气。万紫在城里有套大房子，平时空着，回来时就召集全家人在这里吃住团聚，总是阿桂买菜做饭，且从不抱怨。那时的贫穷并不影响大家庭延续融洽欢乐的气氛，没有利益冲突，没有口角，一切都是简单的。虽说后来在晚辈教育问题上与阿桂产生龃龉，但从不伤及和睦。万紫孤身一人，所有的爱只能倾注给原生家庭，通过晚辈的事，她才慢慢意识到家庭结构已经变化，原生家庭早已不存在了，他们专注于各自的小家庭，对她的情感比重，和她对他们的情感比重是完全不相等的，她成了他们的一个远亲。

  阿桂已经知道建房的事。母亲迫不及待地放飞了万家要建房的重大消息，在村子里引起了不小的轰动。人们是疑惑的。万家自从相继折损了老将父亲与重将万寿，家族元气大伤，只剩下散兵游勇、残兵弱将，何以能完成建房大业？万家最小的女儿出去几十年了，她靠什么赚了那么多钱？一个在大城市里工作的女人家，为什么要回这乡里造房子？她打算回来养老？乡人疑虑重重地关心着后续进展，暗地里打探更多的真相；也有人不屑一顾，等着看一声空响炮之后的笑话。

"怎么要我们出钱呢？"阿桂原以为坐等新房子崛起就行，接起电话时语气是高兴的，听到要她出钱时身上一冷，脸就垮了下来。这太意外了，这是破天荒的，万紫对所有家人一贯慷慨大方，过去那么多年，连拔他们一根寒毛的情况都没有过。阿桂毫不掩饰心中的不满："你明明知道我们没能力。"

阿桂的态度变化让万紫吃了一惊。过去这些年，在她面前，阿桂从来不会使用这种直截了当的语气，更未说过任何忤逆的话。她的表现一向是温顺的，虽不至于俯首帖耳，但也是言听计从的。这意味着她承认万紫在家族中的地位与影响，承认万紫的眼界见识，也承认万紫有恩于她。比如阿桂重病，没钱住院，是万紫主动送钱救了她的命；比如为她家争取了一套廉租房，让他们一家四口得以在城里安家；比如多次替她的儿女找工作；比如赞助他们出去旅游等等，更别说柴米油盐，以及日常生活中的种种关照。有一回，阿桂说她发现了节约卫生巾的办法，就是在上面垫一沓卫生卷纸，这自鸣得意的生活智慧让万紫感到难过，她立刻上网买了几大箱卫生巾寄给她，那是阿桂直到绝经也用不完的。万紫就是这么一个人，任何东西从来不需要他们开口，只要她耳朵听到的、眼睛看到的、心里想到的,她的糍粑心绝不会错过任何一次同情。

但是,那都是历史。阿桂现在有了自己的主见,她强调:"我们没有你那个能力。"这句话里带有一丝不易察觉的挑衅与嘲讽,接下来又表现出一种卑微与自怜,"凭我们的条件,建房子这样的事,是想都不敢想的。"

"坦白说,我也没这个能力,因此才和你商量。"阿桂的语气让万紫感到不适,她听得出阿桂在女儿万莉家,背景有给局长当司机的女婿的声音,他们住在万紫过去的房子里,早些时候因为在北方购房,亲情价卖给了万莉,没想到她闪电式相亲怀孕结婚,司机及他那边的家人也住了进来,自此改朝换代。阿桂最引以为豪的,是司机的铁饭碗,以及局长权力投射过来的影响与便利,她多少有点鸡犬升天的心理,人生终于在女儿这里打了个翻身仗,腰板直了些,说话时不觉显示出魄力与无畏,这也是人之常情。不过,万紫手中握有阿桂的历史,她有自己的想法,只要阿桂仍然是万氏家族系统的成员,就必须臣服于万紫在家庭中的支柱地位。因为她没有私心,半生都在为家庭奉献,她理当获得尊重。

"乡下的那个房子,连一个我的房间都没有,怎么现在建房,就只该我出钱了呢?你这是什么逻辑?"万紫忍着心中的不快,"你们是最应该出钱的,这也是一种象征。你们是家中长子长媳,爷爷和父亲的丧葬费,我一个人揽了,没让你们出一分钱,母亲是我在赡养,我的生活并不比你们轻松。你们有需要,任何时候可以找我这个妹妹,我有困难,就只能求老天开恩?"

"我知道你为家里付出很多……"阿桂不情愿地承认这一点,"我的苦日子什么时候是个头啊!眼看着万固二十六七了,工作不稳定,还没有买房子,我们也没退休金,他连相亲都不敢去相……"

"如果没有别的债务,我是可以扛下来的。"万紫不觉同情阿桂描述的现状,侄子万固的青春期在打游戏、借高利贷中挥霍完毕,怎么帮也是烂泥扶不上墙,现在作为一个"无理想、无目标、无热情"的三无人员,打点零工过日子。

万紫心里一闪念,想着自己咬牙全部承担算了。她安慰阿桂:"万固的命运,在他自己手里,你们送到他大学毕业,已经尽了父母的职责。"

"建房子的确是好事,问题是……我们真的没钱,到现在都欠账。"阿桂这辈子最擅长的就是哭穷,她打嫁到万家开始说起,结婚分家亏账,丈夫身体不好,养鸡发了瘟,养猪猪病死,债越积越多。早就想进城打工,婆婆却不肯帮忙带孩子,耽误了赚钱机会。后来总算进了城,挣的也只够崽女读书。刚还清陈年旧账,儿子却借了几万高利贷。自己买社保被骗掉几万。村里的红白喜事一件接一件，多少年来真的没存得住一分钱……

"你就这么去算吧，出资十五万，收获一套价值八十万，或者一百万的房子，稳赚不亏的投资是不是值得努力？"万紫提供了一个新的思维角度，也算是向阿桂交底。

"万福他倒是很想建新房的，"阿桂似乎有所动摇，她那么精明，当然知道无本生利是最好的，"你知道你大哥那个人，面子浅，从来都不肯去找他那些发迹的同学借钱。我一个女人家，到哪里找这么多钱给你？"

"不是给我，"万紫纠正她，"我不会要你一分钱。是给你们自己建房子。"

"莉莉出嫁，我还找她舅舅借了几万置嫁妆……别的姑娘出嫁，娘家都是几十万几十万地给，我们没能力，觉得真的对不起莉莉……"阿桂竟然哽咽起来，不久便啜泣了，空气穿越稀疏的牙缝发出尖锐的呼啸，"眼下就要做外婆了，不拿出像样的东西来，只怕连莉莉都会被婆家瞧不起了……"

阿桂这番话没有获得预期的效果，反倒证明了她愿意为儿女砸锅卖铁，对婆婆却一毛不拔的事实。

"安顿母亲是大家的责任，你们一家四口都在工作，也请体谅一下我。"万紫不留余地。

"你知道我不爱撒谎，十五万是真的拿不出来，就算我厚起脸皮又去向亲戚开口借，顶多凑个八九万。"阿桂说道。

"要不这样，我就给母亲建个小一点的房子，用她的宅基地面积，不占你们的，我也轻松一点，不用背负那么多债务。"万紫不喜欢阿桂的讨价还价。

"你知道，万福他这个人固执，我再和他商量商量。他一个男人家，在这种时候是应该站出来有所担当了。"丈夫儿女都是阿桂的牌，她想打哪张就打哪张，如果都出完了还没赢，就会自找台阶下，"我们会尽力去凑，什么都不比安顿好母亲重要。你放心，我说话算数。"

三 施工图

资金"落实"，工程"启动"，惶恐、担忧、债务重压，各种滋味倾巢而出，万紫彻底卷进了焦虑的旋涡，每夜身体在黑暗中翻来覆去，伸手却无可以攀援的东西。鲁莽。悬崖边。精神崩溃。责任碾压。漏雨的声音。腰身不再挺拔的母亲。苦难。银行还款的短信。一根无形的鞭子，抽打着她。黑夜的浓郁聚集在胸口。空气黏稠。呼吸不畅。理论上的资金。手画的饼。弓已拉开，箭在弦上。她知道邻居们聚集在母亲家里，谈论与建房有关的事项，贡献经验的，提醒避开陷阱的，介绍施工队的，推荐材料厂家的，寻找工作机会的，人们以各种各样的方式参与其中。母亲已经成了核心，她满面喜悦，笑对各路人马。

希望。愁苦。心悸。思绪如群魔乱舞。

一只夜鸟在窗外反复叫响，它是在欢唱，还是哀鸣？

回想那些无眠的黑夜，万紫不知道自己是怎么熬过去的。贸然靠近建筑这头庞然大物，一个人瞎子摸象，从纷乱的绳团中找到线头，由一张规范的施工平面图纸开始，踏上建筑征途的第一步。网络搜寻过程也近乎一项社会调查。她发现了很多建筑设计施工的一站式服务，原来社会上早就有一股强劲的返乡潮，多年前进城谋生的人，今天纷纷带着财富返乡，重整荒芜的家园，应运而生的乡墅建筑产业早已如日中天。

她从眼花缭乱中挑选出理想的建筑风格，买下施工图纸，根据建筑面积和使用需要，调整了户型设计，自己动手画新平面图，在乐趣中也释放了精神压力。房子的东头给母亲设计了套房，洗手间空间很大，淋浴室不装玻璃，避免母亲磕碰。必须给自己一个专用套间，回来不再有寄居感。在西墙加一个落地条形窗，通过这个窗户，可以看到荷塘、堤边的河流和船只。她很想留一间书房，但考虑到自己毕竟是一个外人，占据空间太多，阿桂会有想法。

村里的包工头，他们也许能建造出房屋的实用功能，但肯定无法达到和实现期待的美学标准与灵动神韵。她认为得找省城经验丰富的工程队。网上搜索"农村建房",满屏眼花缭乱的结论,页面不断弹出客服窗口。在这场凌乱的信息战中,她打了无数电话,扫了很多二维码,穿过了宣传、广告、情色诱惑等不实信息的枪林弹雨,总算筛选出五个感觉靠谱的施工队,将建筑图纸发送过去,请他们预算报价。

作为一个建筑文盲,在洽谈过程中,她被迫了解了很多专业知识,什么桩基础、条形基础、筏板基础、箱形基础、独立基础,什么框架结构、混凝土结构,什么地质用什么基础,什么结构有什么性能……不同的基础与框架,造价差距很大。还有屋顶结构,现浇混凝土坡屋顶,因具有造型美观及隔热功能,比普通屋顶价格要高出几倍。

几个施工队发过来的报价大致相近。预算表、材料清单像天书一样,型号、规格、数量、价格,密密麻麻的数据像一群蚂蚁在心窝里爬动,她勉强看了一阵,感觉像一个人在无边的大海里徒劳挣扎,有种绝望感。她想闭着眼睛谈个一口价,苦于没有还价依据,又不可能去市场调查,更何况计算材料数量比例,不是一下就可以学会的,要把这些事全部弄透,整个生活必然会被拖下泥沼。

说来也是运气,这时候,有一个报价的工程师,出于某种莫名的好感,愿意在专业方面提供帮助。他坦言自己是做建筑设计的，接了工程，通常会和施工方合作，他不打算在中间赚她一笔，推荐她直接和施工方沟通。他教她工程预算砍价通常有百分之二十的空间，告诉她需要避开的坑、通行的付款方式、常用的建材品牌，还有合同注意事项，比如明确工序、竣工期限、罚款制度，在预算清单里一定要注明建材品牌等等。

被推荐的公司叫"新乡墅"，施工许可等证件齐全，网页做得规范，是干正经事的样子。荣总经理在照片中西装革履，面相厚道，看上去诚实可靠。实际交谈中，荣总的确表现了值得信赖的一面，谈吐、修养、专业知识，都不像江湖骗子。万紫和他交谈愉快，沟通顺利，这也预示着良好的合作前景。接下来修订施工设计平面图，确定工程清单，在造价问题上反复进行心理拉锯战，总算度过了这段漫长的泥泞跋涉，像个真正的生意人一样完成了建筑合同。荣总将工程部负责人王龙翔总经理拉进群里，由他对接签约及具体施工的事。

四　剖面

作为兄妹，万紫与大哥万福一直是两个平行世界的人，一辈子没说过几句话，因为建房子需要有人监工，才有了真正的接触与合作。万福长她十二岁，中学时寄宿，十七八岁参加工作，二十岁蒙冤在监狱困了几年，兄妹俩实际生活相处的时间很短，集中在万福出狱之后、万紫远行之前的间隙，俩人没有从小在成长中建立情感，关系一直是生分与疏远的。

万福是一个腼腆的老实人，说话少，手脚勤快，害怕和人近距离接触，也从不和人发生口角与冲突。也许是不幸的遭遇导致性情变化，他总是有点惊弓之鸟的样子，胆小、警惕、惶恐，却又身形敏捷，仿佛随时准备逃命。家人也都很同情他的特殊遭遇，对他的态度格外温和，谁也不会对他说重话。

对于万福的命运与性格，万紫一直深怀同情与理解。

万福在建筑工地干过，懂得一些工程的事。他兴致很高，拿到施工图纸之后，日夜研究，弄懂图纸，以便好好监工，确保房子和效果图一样漂亮。他对工程提出了一些看法。比如宅基地，过去是池塘填起来的，最好使用桩基础，防止下沉，且牢固抗震。屋顶呢，现在流行现浇混凝土的，有个闷顶层隔热防冻，而且绝对不会漏雨，可以杜绝过去那种修修补补的烦恼。

使用桩基础和现浇坡屋顶，要增加十几万的预算。这一层万福是不会考虑的，因为造价多少不是他的事。万紫的心里产生了一点寒意，万福是知道她的经济状况的。旧屋并没有使用桩基，二层楼的房子，几十年也没有出现下沉的现象。其实，在预算紧张的情况下，桩基可以不打，能不花的钱可以不花。他不能什么都选最好的做。

为了避免留下任何遗憾，万紫心想，反正已经被压弯了腰，再添一块砖头，也不至于要了自己的命。她没有反对花这笔钱，一是延续着过去对兄长的包容与尊重，二是害怕房子出现任何状况，三是她的确想让家里所有人都开心。小的时候，她总是幻想着突然冒出一位有钱的亲戚，帮助解决这样那样的问题，现在的她，就是在扮演这样一位有钱的亲戚，也不管家里人是不是有同样的幻想。事实上，自从有经济能力开始，她便主动充当了家里的救世主，她总觉得过去那个小女孩还在原生家庭受苦，还在盼着奇迹，救他们，就是救她自己。

正式动工之前，需要给母亲找一个过渡居住的地方，村里不少只有春节才会有人填满的空房子，有干净舒适的，主人也很热情，可母亲考虑再三，选择住在家边上一所废弃的破房子里。那里面家徒四壁，没有厕所，没有浴室，没有厨房，只有几个孤零零的灯泡悬在屋中，照着灰蒙蒙的红砖墙，塑料糊住的窗户到处是破洞，两扇大门歪歪扭扭不肯闭合。但母亲有她的古怪与固执："以前不就是这么过来的吗?"这点委屈不算什么,住破房子更自在,不欠谁的,也不需要应酬屋子的主人。一想到春节还得和别人挤在一起,她就浑身不舒服。她还说破房子离家近,坐在屋门口可以看新房进展,方便给工人烧茶送水。大家只好修修补补收拾破房子,这费了一些时日,万紫出钱,万福出力,也给十二岁的黑狗在屋外用砖瓦搭了个窝。做完这一切,就只等着拆旧建新了。

拆屋这天阳光灿烂,万里无云,笨重的挖机缓缓进场,轰轰烈烈地拉开了工程序幕。有几个村民围观。这是万紫从视频中看到的。第一次通过航拍机看到自己生长的地方,像通过上帝的视角看到全新的景象,河流仿佛一根飘带从房子边上拂过。旧楼房的屋顶灰蒙蒙的,屋身瘦瘦地立着,挖机猿臂一掼,偌大的房子像玩具模型,噼里啪啦哐当哗啦,没几下就被捣得粉碎,转眼就成一片废墟,转眼就剩坍塌后的静寂。浓雾腾空。

她禁不住热泪盈眶。

没想到自己在拆屋时会哭,并且哭出声来,好像过去多年的记忆,也瞬间成了瓦砾。

在过去的二十多年里,它承载了很多亲人团聚的欢乐、几代同堂的温暖时光。她后悔忘记让他们拆屋前拍几张旧屋的照片,忽然感到心里空了一块。眼睁睁看着一所旧房子渐渐消失,她不禁想到建设的艰难与摧毁的容易。她想念曾经生活在这里但已离世的亲人,她想起了有乡绅风范的爷爷、始终在劳动的父亲,曾是家族主心骨的二哥,她的亲人那么少,死去的、活着的,掰着手指头就能数得过来。她还想起了旧屋的前身,童年记忆中到处漏雨的老屋,雨水击打接漏器具发出的声响,这时想起来却是那么美妙动听。

虽然这个旧屋连她的一个房间都没有过,但是在它毁灭的那一刻,她发现自己是多么爱它。

也正是在这喜悦与泪水交集的时刻,她心中所有的压力与惶恐都消失了,因为她猛然顿悟到自己在做一件了不起的事,在开启家族的新时代,一个崭新的、明媚的未来,所有的亲人都将在这温暖的光环中变得光彩照人。

这么想着,她才发现侄辈们竟然没在现场。万固和万莉是在这旧屋里出生成长的,他们在这里生活了十几年,对旧屋理当有着更深的感情,有更多的记忆与不舍。她感到遗憾,甚至恼怒。也许他们心灵麻木,也许他们过于年轻,还不到感时伤怀的年纪,也许旧屋记忆正是他们要摆脱的,有什么必要特意回来观赏它的倒塌?

她反复看着拆屋的视频,想到不久后一栋崭新漂亮的建筑将在这片废墟上崛起,由她创造的家族最盛大的时刻就要到来,所有亲人都将沐浴在这片祥和与幸福之中,欣悦便涌上心头,她也渐渐自豪起来。但没多久她接到两个电话,一个是坏消息,书稿没有通过选题,总编觉得格调灰暗,不合乎当下形势,希望有更正能量的作品。好消息是小说集没问题,价格不错,出版社同意预付。也许是过了焦虑期,心理上适应了重压,她已经不那么担心钱的事了,她有某种信念,一旦动工,房子就会像雨后春笋一节节长起来的。

母亲精神喜悦,说王总带了一箱坚果给她,他在现场指挥了一阵就离开了,赶去另一个工地竣工。母亲还赞他能干,懂得礼数,讲话客客气气,样子跟村里的农民一样,"一副黝黑子脸"。要等到正式开工以后,万紫才会知道王总和荣总其实是合作关系,王总的施工队财务独立,工程基本没荣总什么事。王总本来就是个农民,当过建筑工人,在工地时间久了,熟悉了工程项目,有了人脉后开始揽活,久而久之有了相对固定的工人,积累了一点口碑。事实上,乡村建房队基本都是这样,像王总这样头脑灵活,有点文化基础,好学肯干,就会做点名堂出来。

找到了可靠的施工队,又有懂行的万福监工,万紫泡了杯花茶在电脑前坐下,心想终于可以继续做自己的事情了,刚敲击出几行字,万福的电话就来了。

"你得制止他们哩,"万福拉着一种事不关己的腔调,几乎是幸灾乐祸的,"这些人可不太守规矩,有用的碎砖石、混凝土块，都被他们运走了。"

"你不在现场？"万紫相当诧异。这点小事竟然需要两千公里以外的人来救火。

"我叫他们停下来，不要再运了，我说了碎石我们填地基、填池塘用得着，他们根本不听，连宅基地的老土都刨了一层，还在一车一车地往外运，喊都喊不停。"

"你是东家老板，他们是为你做工的，怎么会不听你指挥呢？还挖掉地基老土往外拖运？你就这样看着他们把宅基地挖成一口塘？"地基原本就要买土填高，这么一来，就要花更多冤枉钱了，万紫觉得心被刀子划似的痛，火也上来了，"运输车从你身上碾过去的吗？你为什么不直接打电话找王总？"

万福也焦躁地嚷了起来："我跟他们说了不要挖了，他们不听我的！"

"你现在就站在车头前阻止他们。我马上给王总打电话。"

阿桂曾经抱怨，家里的大事小事，永远都是出她出面求助摆平，万福几乎不跟任何人正面交流，顶多在擦身而过时扔下一句话，别人回答的时候，他已走出老远。眼下情况紧急，万紫顾不上教万福如何处理现场问题，赶紧挂掉电话联系王总。意外的是，王总并不知情，他只叫了挖机，运输车不是他安排的，但他立刻通知挖机师傅配合，自己也从另一个工地赶到现场。万紫顿时明白，王总把拆屋的工程承包给了挖机师傅，而挖机师傅和卡车司机是熟人和伙伴，卡车运输是按趟收费的，一趟两百多，为了让司机多跑几趟，多赚点钱，挖机就使劲地挖，有用的、没用的，统统装进运输车，在他们看来，建别墅的都是有钱人，钱来得容易，不会在乎这点事。

万紫乐观轻松的心情，就像刚捞起来的鱼没蹦跶一会儿就完了。下午四点多，王总发给她现场图片汇报进展，拆屋平地已经完工，地基前所未有地辽阔，这个一望无际的坑洼氤氲缥缈，比马路矮了一大截，不知道要花多少钱买土才能填回来，她气得眼泪在眼眶里转。本来每一项超出预算的开支，都在挑战她的承受极限、割她的肉，让她感到疼痛、恐惧、脆弱，没想到还会产生这种直接的、愚蠢的浪费，这是根本不应该发生的。她内心弥漫着深深的失望感，王总原来也不过是提篮子买卖，貌似老实的底层工人是狡猾市侩的，大哥万福竟然无能力应对现场问题……她预感自己即将陷入一个巨大的泥沼，卷入错综复杂的工程内部，被无尽地消耗。

五　空间

对姐姐万红的自甘堕落灰心失望时，万紫的感情重心在屈指可数的亲人中间转圈，渐渐落在已是婚嫁年龄的侄女万莉身上，给她买东买西，教她穿衣打扮，且将自己的房子以亲情价格卖给了她，想着回家时兄弟姐妹可以照样在这个房子里团聚，延续过往的传统。这之后万红忽然变得言语怪异，带着一股莫名的怨气，添了孙女也不报喜，却一个劲地在网上发女婴的图片与视频，向世界炫耀。这些都是阿桂转过来的，因为她也没有接到消息。万紫的思想活络起来，心想万红明知道自己喜欢小孩，却偏偏藏起来，明显是对一个无家无后者的嘲笑与轻蔑。在这样的情况下，她没道理去涎着脸，央求着看一眼她漂亮的外甥孙女儿。这件事深深地刺中了她的心，她感觉受到了严重的冒犯，于是也假装不知情，就这样两姐妹长时间断了联络。

万红疏远家人之后，扭头去社会上交朋友，男男女女吃饭喝酒，似乎很快活。她的穿衣打扮也风格突变，尽是些花里胡哨的奇装异服，肥大的裤裆垮到膝盖下，像个年轻的嘻哈族，还频繁在网上发视频搔首弄姿，唱歌跳舞。万紫被她的变化吓了一跳，她看得出那不是真的快乐，更像是受了什么刺激，做出这副人生很狂欢的样子。万红的视频都用了滤镜，那张脸年轻漂亮得不像她，脸色煞白，眼角飞扬，嘴唇鲜红欲滴，她似乎确信自己就是视频中美若天仙的样子，忘了自己已经五十六岁。直到万红的第三任丈夫向阿桂喊冤叫屈寻求帮助，大家才知道，万红已经把他打出家门一个多月了。据说她自认为发现了第三任外遇的蛛丝马迹，将他的衣物统统打包扔在门外面，要他滚蛋。

第三任是一个长相狰狞、内里怯懦的雄性，动不动就哭、下跪、自扇耳光，但这一次脸上还是被万红抓得稀烂，身上被踢得青红紫绿。他本以为像往常一样，不过三天风波就会平息，回到自己的家里，等着妻子消气，没想到却收到离婚的狠话，赶紧哭哭啼啼地搬救兵。

第三任承认也许在微信聊天过程中有过一点想入非非，但指天发誓绝没做对不起妻子的事。阿桂最痛恨的就是男人管不住自己的精神和肉体，吃着碗里的还看着锅里的。她毫不客气地批评他，作为一个条件一般的二婚男人，找到这等姿色的老婆，本来就应该好好珍惜现在的婚姻，任何非分之想都是不应该的。第三任辩白自己的忠诚，也为自己在语言上的不检点进行了诚恳的自我检讨，表示以后会管住自己，请求阿桂去劝万红，夫妻间十年风雨不容易，不要因为误会伤了感情，也求阿桂去请万紫出面，他说万红只听这个妹妹的话。

第三任说得没错，过去的确是这样。万红刚进城时，和阿桂关系不错，两人曾经一起找工作，互帮互助，结伴做过餐馆服务员之类的零工。但万红受万紫的帮助最多，她有事没事总打钱过来，万红现在的廉租房以及室内装修，都是万紫的功劳。早些年万红在城里漂泊的时候，有一年冬天，和男朋友分了手冲到街上，没地方安身，万紫想到天寒地冻中亲姐姐流落街头的情景，糍粑心备受煎熬，一刻也不能忍受，当天就从几千公里外的城市赶过来，冒着纷飞大雪给她租房子，购生活用品，一切安排妥当后才放心离开。

说起来，万红是握有一手好牌的，被她自己打烂了，像她这等姿色的乡村姑娘，如果不自暴自弃，远不是这种境况。她有好的身体条件，个子高，皮肤白，算得上一方美人，只是性格刚烈，当作优点时，能得一句无用的赞美，作为缺点的时候，常常尖锐易折，对人生损多益少。一个普通的乡村少女，十八岁结婚生子，在一方狭小的池塘中，不断掀起惊涛骇浪，第一次婚姻持续了二十年，充满战争与暴力，离婚时不到四十，孩子已经成人。她并没有舔着伤口，拍掉灰尘，迈开脚步向新的人生前进。相反，跌入新的混乱当中，为人行事令人费解，在城里毫无目的、风雨飘摇的生活中，和一个退休多年的老头胡乱结了婚。老头的儿女反对父亲的婚事，认为外人是来瓜分父亲的财产，经常上门骚扰、辱骂，甚至对房子做出一些破坏性的行为。有一次矛盾升级，惊动了警察，也上了本地电视台的新闻。万红竟然接受了采访，配合着将一件并不光彩的事情广泛宣传，成了别人茶余饭后的谈资。

不多谈万红诸多不可思议的行为，略去那几个过渡的男人，她与第三任丈夫经历了海盗船、过山车般的情感动荡，好歹在尖叫声中安全着陆。第三任知道自己条件差，没有安全感，不让万红出去工作，宁愿把她惯成了一个懒惰没责任心的女人，天天活在牌桌上，而且染上了买码赌博的恶习。就这样一晃过了十年。其间赌债缠身，买码输了好几万，逼得第三任不得不联系亲戚帮忙，夫妻俩一起去袜子厂打工，干了一年多，好歹还清了赌债。这时万红在广州当厨师的儿子报喜添丁，要她过去带孙子，万红火速前往，到人生地不熟的地方，就这样无意间戒掉了赌博。

"万紫恐怕不会管你们的事了，生了孙女儿都不告诉她，她可是生气得很。"过去他们吵闹时，阿桂劝过几回，后来也就习惯了，不再多管闲事，"清官难断家务事，这种问题还得你自己处理。"

这引发了第三任对万红儿子的不满和自己的委屈，话语像被枪声惊得满天乱飞的鸟,说他们夫妻感情本来很好,每次吵架都是因为这个儿子带来的矛盾,譬如钱的问题、带孩子的问题,这个儿子又如何不懂事。只晓得索取,有一分钱就被他哄掉了,还榨干了她的健康。她过生日,他却连电话都不打一个。万红从广州回来时,瘦了四十斤,脸上的肉被刀削掉了一样。

"我的老婆,我心疼啊,我买鸽子炖汤给她补身体,她反过来说我是做了亏心事讨好她。"

说到此处,第三任又是一阵深深的啜泣。

"有个事情,我还没跟你们讲。"他擤了一下鼻涕,仿佛是连同前面的那些是非恩怨一起甩到了空气中,"她是胸口疼回来的,我带她去做了CT,肺部有一个阴影。"

六 防潮

阿桂子宫里长过一个鸡蛋大的肉球,切掉子宫之后,意外地获得了神秘的能量,不再是过去那个总是心悸心慌的女人,变得既笃定又自信。她以一种漫不经心的方式,让所有人知道她的亲家公战友众多,好几个在省城做官。女婿是个能说会道的人,尤其是饭桌上端杯喝酒时口吐莲花,很有功底，阿桂特别满意，她养儿育女的辛苦，今天总算得到了回报，走出了低迷的人生，见谁都有平起平坐的底气。虽说女婿本人抽烟喝酒打牌，牙齿黑黄浑身酒气，新婚都在外面喝得醉醺醺的，身上还残留着不知来由的香水味。面对万莉的哭诉，阿桂总说这是婚姻的磨合期，磨合磨合就好了。

阿桂抽空将万红的家庭矛盾与肺部的阴影统统告诉了万紫。经历过二哥万寿的发病与死亡，万紫知道急剧消瘦很可能是癌症的信号，更何况还有胸痛、肺部阴影这类明显的症状，她甚至能想到导致阴影的原因，暴躁的脾性，多少年呼吸棋牌室的二手烟，无法自我开解的极端情绪，对生活消极的态度……

"前几天跟她联系，我问她为什么添了孙女儿不告诉我，她说，'不告诉你犯了什么法'，我真是哭笑不得。原来她以为我把房子送给了莉莉，觉得自己是家里多余的了，我只和你们是一家人，合伙踩她。"万紫只顾顺着自己的情绪，说完才意识到不妥，因为这会点燃阿桂和万红的矛盾。

"她心胸太狭隘了，我们自己都顾不上呢，哪里踩得了她呀……"阿桂说道，"上次莉莉到广州办事，顺便带了些家乡特产，要她儿子来车站接，结果他们说没空，东西邮寄就行，何必人跑过来。"

"真没有人情味，我骂了她儿子一顿。"

"我跟你说,你骂侄儿侄女没事,我知道你是为他们好,可你别再说她儿子的不是了,她很不高兴的。说真的,我们呢,是没什么能力,但是你这个妹妹做了那么多,对她还要怎样才算好啊?"阿桂貌似说的公道话,却有点火上浇油的味道,"唉,憋了这么大的闷气,那还不气出病来?"

阿桂的话让万紫陷入沉思,半晌没有回复阿桂的信息。如果万红真是气病的,那么自己就有责任反省,为什么让她生气,以及为什么丝毫没有意识到她在生气。在万红专注打牌买码的十年中,万紫的确减少了对她的关照,一方面因为对她失望,另一方面是她有第三任照顾,对她不错,吃的穿的都随她喜欢。

"饶是她那么不近人情,我也还想着新房子给她留一间,以免将来她老了没地方住。"万紫的糍粑心涌起一阵阵酸楚,二哥病逝的过程历历在目,如果接着又失去一个姐姐,那老天对万家也太残忍了,她不敢想象假如真有那样的噩耗降临。

阿桂没有接话。

聊天在阿桂古怪的沉默中告一段落,直到第二天由万福在电话中续上。

"房子不建了。"万福当头一盆冷水泼下。

"不建房子?妈妈住哪里?"

"你给她在城里随便买一套。"

"买一套我倒是更省事,但是你明知道妈妈不愿去城里。"

"随便她住哪里……反正,我们不想建了。"

万福话一落音就挂了电话。

万紫知道主谋是阿桂,万福不过是个代言人。

"万福说房子不建了,到底是怎么回事?"电话打通,阿桂过了很久才接。

阿桂用"可能""大概"含糊了几句之后,硬生生地说道:"干脆挑明了吧,你大哥他是不想万红住在新房子里,她那边太麻烦了,大大小小的人牵扯不清。再说了,也合不来的。"

万紫闻言惊愕,不敢相信自己的耳朵,老实的大哥和豁达的嫂子,原来是一对这么自私无情的夫妻,仅仅因为怕万红住进来,就要停止建房,根本不在乎母亲住在哪里。万紫只不过是糍粑心,想到了长远之后可能遇到的问题,假定万红老无所依,把她拢进新屋来一起养老照应,她并没有跟万红说过这件事,万红也不一定愿意住进来,更何况离老年还有很长的时间,谁知道中间会发生什么变故?

聊到万红的肺部阴影时,阿桂感叹她的命运多舛,洒下了同情的泪;万福批评了万红不体贴妹妹的辛劳之后,转

账面仍然是一个营养不良的数字，
最美的梦想也养不肥它，
只有醉酒才能让它从四位数变成八位数。

身就用万紫的信用卡买了一张一千块钱的油卡，因为那样就能得到一条卷纸的赠品。汽车是万紫的，万福只负责开，保险、油费、违章罚款，统统不用他管。

万紫对兄嫂的固有认知瞬间被颠覆了。

"你在外面打拼这么多年，为家里付出那么多，你看她一点都不知道心疼你，还生你的气，连孙女儿都要藏起来不给看。"阿桂开始了她旁敲侧击的话术，"她又爱说假话，没规没矩，住到一起，不晓得会搞得多复杂……"

万红是有很多毛病，但都是能够包容的，何况现在她肺部有个阴影，四兄妹已经只剩下仨，他们竟然在拆了旧屋的情况下，不同意建房，置八十岁的老母亲于不顾，更是令人寒心。

万紫已经听不清阿桂在说什么了，后悔像一条冰凉的蛇在胸腔爬行，冰凉中夹杂着阵阵灼痛。她的心里演绎着这样的逻辑推理："你们有两个妹妹，一个富，一个穷，富妹妹在帮你们建房，你们心安理得地接受她的资助，却不同意另一个穷妹妹在未来可能出现的坏情况下分享这种好处。换位推断，假如建房的是有钱的妹妹万红，对于没钱的妹妹万紫，你们的态度会是一样。因为你们把妹妹分成有用的和没用的。"

阿桂常说，人亲骨头香。原来香的是钱，经济决定了感情深浅。

仿佛看见了穷困潦倒的自己被势利的兄嫂赶到屋外,万紫浑身冰凉,在这个秋日的早晨打起了寒战。

建房子固然是为了母亲,最终受益的却是万福一家。向政府申请建房许可证时,母亲曾建议用她和万紫的名字合报,但万紫笑着否定,用了阿桂的名字。万紫的想法很简单,阿桂他们照看母亲,母亲晚年幸福,房子就是他们应得的回报。

万紫的心被戳了一个窟窿眼,所有的热情、欣喜、骄傲,纷纷从这个洞里飘漏下去,像下雪一样。她后悔没有早些醒悟,跳出原生家庭的心理框架。过去她和他们是一家人,现在她也认为他们是家人,但在他们心里,她早就只是一个亲戚。家人和亲戚不同,亲戚是由家人分裂出来的,家人却不是亲戚组合能成的。

"我同意你们的想法,新房子不会考虑万红。"不能眼看着那一片废墟成为笑柄,不能让母亲在破房子里吃苦受难,万紫决定抛开一切,继续建房。同时开始考虑缩减成本,改变装修预算,由高端货改为普通材料,放弃园林绿化,一切可做可不做的,都不做了,他们不值得她投入那么多。

七　放样

住破房子的母亲，形象一下子颓了不少，搬家时无序混乱，东西一堆堆存放在别人的杂物间，想穿的衣服找不到，鞋子也不知道塞在什么地方，索性懒得收拾，头发乱蓬蓬的，脸上脏兮兮的，活像一个无儿无女、孤寡凄清的老人，好在有笑靥如花。看到母亲嘴角贮满了喜悦的小酒窝，万紫心酸又欣慰，真想抱一抱母亲，开一个玩笑，问她为什么没把漂亮的酒窝生给她。

只能尽量让母亲在破房子里住得方便舒适一些。万紫网购了很多东西，泡脚按摩盆、便利马桶、煤气灶、烧柴烤火的炉灶、户外太阳能灯。不断去镇里取件的万福抱怨起来，叫她停止买买买，屋子里都放不下了。

破房子的墙砖薄薄的，仿佛一拳头就能捶穿，这个寄居的冬天无疑会格外寒冷，万紫担心母亲的风湿病，变形的手，僵硬的膝关节，到冬天就疼得睡不着觉。她比任何人都急于竣工，一再跟王总强调母亲的处境，要他马不停蹄，保证按照合同要求在三个月内完工，逾期的话，她会毫不客气地按合同罚款。

动土之时，按照当地习俗，要杀叫鸡公，放鞭炮，敬拜土地公，请求赐福，保佑施工过程平安顺利。万紫把所有的费用转给了阿桂，嘱咐她提前一天买好叫鸡公，确保不误开工良辰。有些事不论你信不信，冥冥中隐含着无法解释的预兆。阿桂提前一天买好叫鸡公送到乡下来，这只叫鸡公油光水滑，精神抖擞，象征着吉祥与兴旺，孰料夜里被黑狗巴顿咬死了。母亲大清早发现鸡的尸体，连忙打电话通知阿桂，一定要赶在动土吉时之前，将新的叫鸡公送回来。但是叫鸡公并不好找，阿桂转了几个菜市场，终于看到一只毛色暗淡、与世无争的，没有挑三拣四的余地，过了一个档口，发现一只稍好的，索性也买了下来。

"祝贺万府开工大吉"的横幅拉扯在两棵树之间。母亲和工人们竖起了大拇指，对着镜头笑容灿烂。王总还发来一组航拍图，全方位展示了动土的盛况。漫天的鞭炮烟雾，满地的鞭炮红屑，围观的乡邻。群鸟飞过秋高气爽的天空，一派大兴土木的热闹气象。这一天只放了样，按照万紫的意思，前面地坪八米，后院五米，两侧各留四米，便于车子绕屋行驶。整个建筑盘踞在地基中央，白灰画的施工基础图清晰地展示了建筑的内部格局。

第二天上午万福来电话，说他们放错样了。万紫只觉得脑袋轰的一声炸了，拆屋地基被挖空了，放样又放错，到底是施工马虎，还是监工窝囊？如果她在现场，这都是不可能发生的。她实在搞不懂施工方为什么会出现这么低级的失误，更不懂万福为什么连这么明显的问题都不能及时解决。

"怎么放错的，我不是提供了完整的数据吗？"

"我早上量了一下，整体后移了一米多。"

"昨天放样的时候，你没在现场跟着量尺？"

"我跟他们说了，他们坚持说没放错。"

"你只要提出复尺，不就一清二楚了吗？他们敢看着尺子说没搞错？放样返工是小事，但这不是一个好的兆头，预示着后面的麻烦与不顺。"

"那就按现在的样，不要返工了。"

"不行，后面有坟，退过去太近，屋檐都要搭到坟边了。"

万紫不明白，知道放错了样，为什么不提出复尺，为什么不找包工头，却要等到第二天打电话给几千公里以外的她？就好像他只是她安插在工地的间谍，只要他们完成一个工程项目，他就暗地里检查，搜集情报向她汇报。放样返工容易，万紫担心的是，到了水泥钢筋工程部分，很多项目几乎是不可能返工的，如果不及时解决问题，返工就会造成工期延误和经济损失，母亲要在破房子里多受一些罪。

也许问题就出在那三个叫鸡公上，那个混乱的开局。

王总接到万紫的消息,立刻赶到现场,重新量尺,亲自放样。三天后打桩队进场,在机器的轰鸣声中正式拉开建筑工程的序幕。

"你放心,我会把你的房子当个样板房来建。"王总打消万紫对工程的顾虑,"你的房子建好了,这本身就是一种宣传,活广告,比我们到处吆喝强多了。"

王总早就看到村里的商机,那些旧楼房都是改革开放与市场经济的产物。九十年代的乡村有一股建造楼房的潮流,哪怕是弄一个空壳,屋里家徒四壁,也要建二层,不矮别人一头。这些屋子和万家的旧屋一样,都是村人自己在没有施工图纸的情况下建成的,在风雨中坚持了二三十年,已经筋疲力尽,不少呈现危楼状态,有几户已经在走报建程序、寻找施工队了。总之,明里暗里的客户蠢蠢欲动,都在等待这栋建筑落成的样子。

打桩工人没穿统一的工作服,王总称不方便施工。万福拿一根长竹竿插进桩孔测量深度,发现有的桩孔没达到八米的深度,甚至只有四五米深,觉得工人不负责任。工人则认为他的检验方式苛刻,因为他们的利润基本上是靠偷工减料实现的,照万福这样的监工方式,他们在工程上作不了半点假。利益受到损害,带着不满的情绪,矛盾终于爆发。万福与他们发生了争吵,有两个工人甩手不干了,剩下的人无法完成桩基运转。

"这些施工的都是土八路,是王总在天桥下临时叫的民工,施工毫无规矩,也不专业,现场弄得乱七八糟。工程主管是个小混混,建筑上的事一问三不知。明明混凝土质量不行,稀泥一样,我跟他说了好几次,他才换了大一点的卵石,增加了水泥的比重。做工也是三天打鱼、两天晒网,施工半个月了,连桩孔都没打完。"

万福用一种激烈的对抗保证了桩基的深度与质量,代价是停工。

母亲一看工地空荡荡的,没人工作,打电话问万紫怎么回事,万紫觉得母亲应该问在现场监工的儿子,他肯定比一个远在几千公里以外的人更清楚事情的来龙去脉。

这节外生枝让万紫心烦意乱,她郑重要求王总整顿,抓紧时间继续施工。

连着下了一周雨,等太阳将泥地晒干,重新开工已经是半个月以后的事了。新的施工队伍面貌焕然一新,工人们穿着统一的蓝马甲,戴着蓝色安全帽,个个精神抖擞,两天打完剩下的桩基,接着挖沟砌基脚,各工种合作有序。现场材料堆放整齐,杂物清理得干干净净,一切井然有序。王总亲自在现场紧盯了四天,确保某些关键点准确无误,才离开去了另外的工地,由新的主管小马负责盯着。他是王总的外甥，据说在本市城市学院念过土木工程，有大楼盘的工作经验，不过小马很快就暴露他对工程的一无所知。他身高接近两米，谦卑腼腆地略弓着腰背，动不动脸红扑扑的，青春疙瘩痘也会亮起来。

小马有些志不在此的散漫，性格随和，露怯，对工人不管束，不斥责，还经常搭把手干活，甚至听凭工人使唤。他人缘不错，工人们喜欢他，但对东家来说这不是好事。施工最忌主管懦弱，又没有专业知识，不但无法指导工作，也没有能力发现施工错误，发现了也无力纠错，慢慢地建筑的数据会随着工程的进展被不断修改，最后整个房屋的还原度会非常低，甚至出现不协调不对称的笑话。

母亲不懂这些，看到这支作风优良的施工队在工地上弄得叮当作响，热火朝天，觉得照这个速度下去，过年前就能建好搬家。母亲的乐观感染了万紫，她提醒母亲装修需要两个月，装完还得空置一段，释放甲醛，明年春暖花开的时候搬家正好。

好心情没维持几天，母亲又打来电话，说又停工了，万福和工人发生了口角，两个泥工生气不来了。万紫心头一阵焦躁，打电话给万福，他说门窗尺寸留错了，墙砖砌斜了，两头差距偏差了六七厘米，相当于脸上的鼻嘴长歪了。

"我当时就提醒了他们，尺寸不对，要搞准，他们不听，只顾着一窝蜂砌了上去。他们的工钱是按砖头计价,砖头砌得多就赚得多。"

"你不要和工人吵,有事跟小马说。"

"小马是个配相的,顶个屁用。"

"建房子吵架,不吉利,你可以直接找王总,或者告诉我,我来跟王总谈。"

"你不在现场,不知道他们砌得多快,我只上了个厕所他们就搞完了。"

"严格按照图纸数据施工,错了就要返工。"

"我就是要让他们返工,返工返怕了,就不会犯错了。"

万福采用了惩罚式的监工方式,没考虑这样做也严重损害了自己的利益,时间成本对他来说也许没什么意义,但对万紫来说非常重要,只要房子不竣工,母亲没搬进新家安居,她就无法安心创作,不创作就没有经济收入,活在债务的重压下,无法轻松地呼吸。

每一件事都需要万紫亲自沟通处理,每一次刚获得一点内心安宁就被瞬间破坏,她真想放手算了,随便房子建多丑,只要不塌不漏雨就行了,但下一秒想到自己花这么多钱,付出这么多心血,怎能不达成自己的心愿?她从不是凑合的人,她是一个完美主义者。

万紫怀着一股无处发泄的怒火联络王总,她从没用过那种严厉的口吻。

"哎，万总，很抱歉发生这种情况。我非常理解你的心情。主要是你们工期太赶，本来我是要用我们自己的工人的，他们在另一个工地，还需要几天才能过来，你们催得急，我只好在本地找了一个包工头。这些泥工的技术没问题，他们只是平时在农村习惯了这么干活，没想过你们家对房子的要求与标准很高，不知道你们这栋楼是与众不同的，是讲究艺术审美的。你放心，我马上要求他们返工，保证让你满意。"

八　接缝

几次返工之后，施工时间一再拉长，再加上天气、人手不足等原因，工程进度彻底缓了下来，慢到近乎停工，长时间里只有一两个人在工地晃。那是离过年还有两个星期的时候，一楼天花板的混凝土没有浇筑，整个建筑只是一个没盖的模型。工地上起先有三个人，主管小马、年轻泥工，以及一个新来的智商偏低的中年男人，后来泥工粉完墙走了，只剩小马和低智男人在工地做些杂活，比如捡垃圾、搬碎砖。小马还要负责买菜做饭。低智中年男人做小工的时候骂骂咧咧:"他妈的有人偷钢管,胆子那么大,当着我的面拿钢管。"人们这才知道他是有来头的,他是王总的亲哥哥,智商低,但还是懂得维护自己的弟弟。通过他的描述,人们大致能判断是谁在偷钢管,不仅是钢管,工地上那些无端消失的东西,也算在了那人的头上。后来每天收工时小马都会让傻舅舅把有用的东西收起来,放在安全的地方。

这时候万紫已经真正了解万福的性格与为人。他不傻,但发现问题不能解决问题,或者不能及时地处理问题,往往是小病拖成大病,生米煮成熟饭,这时候再来处理增加了难度,有的甚至无法弥补,留下遗憾。比如两个前庭柱子造型不对称,万福在木工师傅装模的时候,就提出尺寸问题,并且发出了警告,但木工师傅还是胡乱完了工。工人的确不听他的话,一是他说话的方式别人不太接受,二是都知道真正的老板是万紫,他们总想着施工如何方便简易,稍不留神,就按自己的想法,玩"木已成舟"的把戏。

主管不得力,监管也让人头疼,听说又有地方要返工,万紫忍无可忍,终于气得大喊大叫,质问万福为什么同样的错误一犯再犯,万福也大声撑她,似乎也压了一肚子怒火,暴躁程度让她吃惊。两人吵到恶语相向。万紫认为他没有资格朝她发火,她出钱出力,为他们付出,而他只是为他自己的家付出。母亲见兄妹不和,眼泪就流个不停,说要是知道建房子吵架,她情愿住在旧屋里。万紫为了哄母亲开心,主动息事宁人。

万紫每天开着监控视频,她喜欢听工地的噪音,那是房子生长的声音。她也喜欢看母亲在屋门口遛狗,和路人大声聊天。鸟在枝头跳动,啼叫声清晰悦耳,搅动着乡村的宁静与怡然。

一场寒霜之后,薄雪覆盖了工地。

视频中一派肃杀。昏暗的天空,枯枝在寒风中颤动。万紫久久地盯着屏幕,感觉寒意弥漫。母亲穿得鼓鼓囊囊的,弓着腰,背着双手,从建筑桥板走到前厅大露台,在那儿眺望了一下远处,转身进了客厅,紧接着从一个房间走到另一个房间。她每天都这样在未来的新家转来转去。

看到母亲寒冷中的身影,万紫心里就一阵疼痛,责怪自己没有早些建房。如果在父亲健朗的时候为他们打造新家,也许父亲会活得更长一些。现在她祈祷母亲能够长命百岁,享受这专门为她打造的舒适大宅。眼看着年前竣工无望,万紫心急如焚,母亲这时倒接受了现状,反过来安慰她。破房子里没有热水,想到母亲用冷水洗菜做饭,艰苦挨冬,万紫心里非常难受。阿桂一直没有回来过,万莉万固也没回来过。万固大学毕业前的半年时间里,阿桂几乎每周都要下乡看母亲,用食物将她的冰箱塞得满满的。万紫帮万固联系实习单位,毕业后安排到报社当记者,没几个月忽然辞工,辞工了又后悔不迭。万紫对万固是尽了全力的。

万紫在寒意包裹中奔赴英国当访问学者。两国时差增加了处理建房事务的难度,经常下半夜打电话,发信息,熬夜。万福不会说普通话,她得亲自打电话咨询和预订铝合金门窗和瓦,这些她从没接触过的建筑材料没有一点温度,她对它们既不喜爱也不厌恶,她只是不得不狂热地在网站上搜索,学习规格型号,懂得不同利弊,进行品牌价格对比,计算新房的门窗面积,在自己可以承受的预算范围内挑选产品。

万紫面临的最大问题是无法信任商家,在已有的建筑经历中,她发现人们处处暴露缺乏诚信与职业道德的品性。上市公司的品牌产品质量有保证,这意味着她要投入更多资金。漏雨的童年记忆使她毫不犹豫地选择了一线品牌的琉璃瓦。因为小时候门窗都单薄不严实,会被风推搡得发出怪异的声响,使她经常做怪物破门而入的噩梦。她不允许再有刺骨的寒风从门窗缝隙中灌进来,门窗要牢固坚实,挡住噩梦中的怪物,连八级台风也不能撼动它。

铝合金门窗和琉璃瓦总价超出预算一倍。别墅大门的预算更是由五千元飞升至一万五。那款非洲进口沙比利木质大门彰显质感与格调,想象母亲每天清晨打开这扇结实厚重的大门，同时开启一天的美好心情，她咬着牙付款预订。这是佛山一个专做木门的厂家，也是网上找到的，虽有第三方保证资金安全，产品可退换，但万紫仍不放心，和销售经理进行了无数次沟通对话，销售经理非常有耐心，不断给她发送车间生产视频，堆放原材料的仓库，各种客户订单、出货票据，甚至与其他客户的聊天记录、付款信息，尽一切可能打消她心中的疑虑。

"你不要老是这么不相信人。这样你会活得很辛苦的。"

万紫承认销售经理说得对，她的辛苦有一半是因为她对人缺乏信任造成的，或者说是人们普遍不诚信造成的。前半句说的是主观自己，属于自作自受；后半句说的则是客观现实，是人性带来的负面影响。建筑工程包工包料，并不意味着省事省心。整个施工过程，万紫同各行各业的人所洽谈的内容，可以出一本巨著。在买琉璃瓦的事情上，她经历了巨大的诚信挑战与考验。瓦的厂家也在佛山，是她在网上联络的。瓦商发来产品图片，根据建筑面积计算出用瓦数量，给了些有益的建议。与其说是经过了几天的洽谈，不如说是万紫一直在质疑、查阅、求证、观察和判断之中，以确保对方不是虚假诈骗。最后商家给出一个银行账号，要她付清全款才发货。就这样将几万瓦款打到一个陌生人的账户里，这需要绝对清醒的头脑。万紫不敢这么做。她要求预付部分，货到付清尾款。瓦商说他们从不这样做生意,都是一次性付清,运费另付,他们可以推荐提供货运联系人,她也可以自行安排。

"你相信我就打货款过来,不相信就不要打。"瓦商最后丢下一句话不理她了。

这之后万紫陷入了激烈的反思,她在寻找症结。这反思甚至是痛苦的、尖锐的。她其实被自身的多疑困扰已久。这种多疑的正面效果是,迄今为止她从没上过当受过骗,这显示她的聪明和理性。但也不排除有人容易相信别人,也从没上当受骗。也许她应该选择相信别人,即便是上当受骗,人生当中失去的肯定远没有她得到的有价值。万紫抱着背水一战的心情将钱打给了瓦商。四天后果然一辆超长的大卡车将瓦送到了工地,瓦的品质和宣传的一样,数量准确无误。后来的沙比利木门同样也没让她失望。

九　边缘托梁

监控视频里的天空渐渐发白,听到公鸡打鸣、狗吠,母亲咳嗽和洗脸刷牙的声音。天全亮时,视频由黑白跳到彩色,高清画面可看到很多细节。小马走在桥板上,双手缩在袖子里，手臂直直地垂在身体两侧。他的低智舅舅裤脚一高一低，为了将那两轮斗车掉头，在泥地里碾来碾去，他骂斗车不听话，也骂弟弟给钱太少，一百五十块钱一天，什么都要他干，他自己却待在家里舒舒服服地烤火。小马伸出手来帮了一把低智舅舅，一直将斗车推过桥板。他的任务是将几个卫生间的坑洼填满，为做地面硬化和防水打基础。此时离过年还有一个星期，一层混凝土楼板的浇筑工程推迟，王总说工人都回家过年了，只能等到年后。而天气好得让人心痛，阳光明亮，濯洗着残缺的建筑物和空荡寂寥的工地，有种眼睁睁地看着工期推延的恼怒。万紫重申了逾期罚款的警告，王总却拎着两袋子礼物来给母亲拜年，母亲留他吃了一餐饭，说眼下没有什么是比过年更重要的了。

二月底，破房子开始零星漏雨。邻居有装修过的房子空置，全家人在广州做生意，让母亲搬进去，但母亲说房子就要建成了，懒得挪来挪去，直到有天晚上大雨倾盆，屋里漏得无处安身，连睡觉的地方都泡在水里，这才大半夜撤离。万紫是第二天知道这个事的，母亲遭受这样的磨难，她迁怒于王总，因为工程已经逾期两个月了。这时候新房子已经浇筑完斜坡屋顶，一栋漂亮的建筑如出水芙蓉，线条流畅飘逸，显出灵动和生机。万紫不发脾气了，反倒感谢王总慢工出细活，对建筑赞不绝口。

相比于造房子，装修工程要简单得多，但是更琐碎。万紫原本就认识几个装修老板，经过洽谈比较，最终把工程包给了钟老板，十年前她在城里的房子就是他装修的。从建房子开始，她就在同步构思室内装修的内容风格，早已酝酿成熟，定调为原木色侘寂风。她在网上挑选了灯具、电器等东西放进购物车，也与橱柜衣柜定制商沟通完毕，谈妥了款式与价格，提前完成了装修内容。

她是四月回乡的。本打算和母亲一起居住，给母亲做饭，兼顾装修。在视频中见过宽敞整洁的房间，河水在窗外荡漾，宁静诗意，似乎是理想的居住空间，住进来才觉得简陋不便，厨房没有热水，冷水唤醒了手上的风湿，手指隐痛。房间里有一股无人居住的陈年霉味，到处是蛛网。床上没有席梦思，厚薄不均的老棉被像石头一样硬，里面还藏着饥饿的跳蚤。最要命的是没有空调，四月已经热起来了，蚊子早已活跃，白天在厨房做饭，都要遭受它们的攻击。

她只好在城里租了一套三居室。晚上打开浴室镜前灯，镜子里突现一尊观音菩萨，吓得她魂飞魄散。心想将菩萨放在脏污的卫生间，只能是为了避邪，说明这房间里发生过不好的事。她搬到客房睡，还是感觉有股寒毛倒竖的阴凉，勉强挨了两夜，不得不求助万红带小孙女儿来做伴。

她租的自己熟悉的小区，在万莉家对面的楼里，就近去她家拿自己原来的床上用品。阿桂和万莉在客厅里逗孩子，万紫说明来意，阿桂屁股不挪窝，不紧不慢地问："要新的，还是要旧的？"

虽已嫁人生子，侄女万莉还是她母亲的影子，毫无主见。她木然地笑着，仿佛与眼前这个远亲并不相熟。

"无所谓新的旧的。"万紫已经感觉不太舒服。

"去拿旧的吧，反正她都要买的。"阿桂吩咐万莉。

万莉这才应声而动，转身去了房间。

万紫无心落座，站在那儿看着屋子里熟悉的一切，心里忽然一阵刺痛。家里的每一样东西都是她亲手挑选布置的，原木书柜里还有她没有搬走的书，酒柜里放着她的酒具和酒，她精心挑选的立式空调还是崭新的，套着她买的蕾丝边碎花尘罩，她在宜家购买的沙发和地毯也是原样没动……这些东西换了主人，也不认得她了，也都冷冷地一声不吭。她像个乞丐一样，站在这个持续了十年大家庭聚会的屋子里，等着新主人施舍一床被子和枕头，没有一丝家人的热情，更没有她对她们那样的慷慨。她也想到万莉从小就穿着她买的衣服，村子里没有谁比她穿得洋气。毕业后给她找工作，鼓励她自考本科，给她交学费，出钱给她办出国旅行的签证，给她去广州面试的交通住宿费，也曾不远千里赶回来，几宿不睡处理她个人感情上的麻烦事……

万紫不知道自己当时为什么不拂袖而去。

十　范围蔓延

泵车浇筑坡屋顶时，万福在屋顶上，穿着长靴，手里拿根东西戳来戳去，测量混凝土的深浅，与工人发生几句争吵之后，索性拿起工具和他们一起扒整屋面。但是混凝土最终仍是厚薄不均，又重新浇筑了一遍，施工盖瓦时发现仍不达标，高低不平，东边比西边厚了几厘米。盖瓦的包工头手拿卷尺站在屋面上骂屋面浇筑的乱搞，这意味着他们必须先凿掉高出的混凝土，低洼处用水泥补平，尽量降低偏差，即便这样，盖瓦时仍然有许多需要调整的地方。他抽着烟在屋顶走来走去，最后拨通了王总的电话，大声批评了一通屋面浇筑的人不负责，他盖过那么多房子，从没遇到过这样的情况，这样子施工难度太大，并表示这个活他接不了，要王总另请高明。王总很快赶过来，上了屋顶，和盖瓦包工头一起检查测量，情况使他的表情越来越凝重。王总与盖瓦包工头讨论整平屋面的费用，盖瓦包工头仍是推却不干，说这里头的活几乎是看不见的，他不想让王总觉得他在讹他。但王总弹掉烧到指尖的烟，利落地接受了盖瓦包工头的要价，在屋顶再抽了一支烟便走了。盖瓦包工头吩咐工人工作的时候,万福已经在凿凸起的混凝土,电钻机狂躁作响,水泥灰飘散。

以上是万紫在监控视频中看到的。因为工程进展与施工的种种问题,她已经与王总有过无数次电话沟通与微信讨论,有几次甚至发生了不愉快的争执。大部分情况下,王总都同意按照她说的去做,但往往要经过很长时间的扯皮、理论,他会使用疲劳战术,用源源不断的词语,滔滔不绝地自说自话(这一点和他低智兄长很像),使用狡辩、偷梁换柱、移花接木甚至死缠烂打等手法,企图把理扳到他那一边,或是用话语将她绕晕。有时候她会在厌恶与筋疲力尽之间做出让步,但绝大多数坚持死磕。王总从没遇见过这样的对手,她脑袋里面装着超强的逻辑与清晰的思维,而且有理有据,甚至能将几个月前的聊天内容截屏作为证据,弄得他哑口无言。

他们还没正式见过面,王总的样子基本符合万紫的想象,如果用地域来形容他,那就是城乡接合部的样子,戴着金项链的小麻雀,努力像凤凰那样华丽地飞翔,和他的低智兄长眉目挺像。说不清是倔强还是僵硬的脖子上面顶着一个小脑袋,身板也是直的,皮肤很黑,举手投足间显得经验丰富,利索果断里也有股狠劲,不拖泥带水,做决策毫不犹疑，的确像干大事的——这副样子在乡村的确是能唬住人的——乍一看，与她所接触的那个为了达到某种目的可以无休无止啰唆不断的形象截然不同。

她和他曾经为了各自的目的互相说着违心吹捧的话，她夸他专业懂行施工质量好，只不过是为了获得更好的工程质量；他夸她容易沟通合作愉快，是为了让她手不攥那么紧，指缝间额外漏下些碎银来，或者在工程结束后慷慨地奖励红包。完成屋顶浇筑后，王总常说的话就是这个项目进入了亏损状态，他大可以立刻停工止损，但他要履行承诺，在这里亏的，在别处赚回来，无论如何要在这里建起一个漂亮的样板楼。在万紫看来这都是聪明过头的话，她也懒得戳穿他。只要能尽快竣工，她乐意忍受这些虚伪的言语。

曙光即将刺破云层。不料下午接到母亲的电话，说万福又和别人起争执，盖瓦师傅不做了，正在收拾东西准备离场。万紫第一反应是不能再次延误工期，立刻驱车回来。

瓦工们在屋顶抽烟等她。万紫望了眼屋顶，二话没说，就从钢管架起的楼梯爬了上去。站在屋顶，万紫才意识到自己是个女人，连微风也在破坏她的身体平衡，她腿脚微颤，不敢朝下看。

"你们都知道，这房子从去年到今年，建了很长时间了，真的再也耽误不起了。有什么问题，我们坐下来谈谈。"她轻松愉快地说道,双脚暗自努力稳住重心。开阔视野中,她重新认识了她的村庄。第一次站在屋顶看河对岸的村庄田野,甚至更远处的城市。

"万紫,你不记得吧,我是你老同学。"盖瓦包工头腼腆地说道。

万紫使劲回忆,终于从他沧桑的面部搜索出宝贵线索,认出他就是经常拖着两条鼻涕虫的小学同学张太山。三四十年过去了,他脸上的肌肉还保留着抽吸鼻涕的运动习惯。

"是你啊,老同学,那我就放心了。"万紫和包工头握手致意,"这里有什么困难需要我解决的?"

"你哥说我们不晓得搞,他比我们懂,我们搞的不好。"老同学指了指万福,他正在破房子门口洗手。

"到底怎么回事?你跟我说,我们来商量决定。"

张太山抽吸了一下鼻子,把事情的来龙去脉说了一遍。

因为彼此沟通不到位,万福不信任他的技术,用贬低的话刺伤了他的自尊。万紫下屋找万福做思想工作,说她以前也不信任别人,总是在疑虑、担忧,结果把自己搞得很辛苦。她在建房过程中,慢慢学会了相信别人。建筑不像裁剪衣服,容不得有一分一毫的偏差,建筑体积庞大,有时几厘米出入并不明显,也不会影响美观。整个施工过程中,事实上每个地方都没有精确到图纸的数据,有的地方甚至出入十厘米，现在房子不是照样好看，大家都很满意吗？

万福到屋顶与张太山握手言和。盖瓦继续。

十一 找平

王总与万紫在工地见了面。在长达八个月的频繁沟通博弈中，似乎成了老熟人，都没有第一次见面的寒暄客套，直奔主题。王总带了色卡，请她选定外墙漆颜色型号，然后要她再付一点工程款。万紫认为外墙漆还没刷完，按合同是工程竣工才付清尾款，扣除一万五作为维修保证金，工程没问题则一年后全部退还。

"你要我提前支付工程款，这是合同以外的要求。"万紫说。

"万总，你这个项目，我真的亏损很大，屋顶我都给你浇筑了两遍混凝土，防水保暖也都用好料做到最好，绝对不会漏雨。"

"这个我要说清楚，你浇筑两遍，是因为第一遍不达标，盖不了瓦，而且浇两遍也没有解决屋面不平的问题。说实话，你额外浇那么多混凝土，我还挺担心承重问题的。房子不漏雨，难道不是施工最基本的标准吗？至于工程亏或赚，那都是你的生意。我们是签了合同的。"

"我真的亏得不行了。盖瓦这里的工钱都是一两万，他们完工了，我也得给他们钱吧。"王总说道，"我本来是想亏一点就亏一点，只要把项目做好，让客户满意……但是现在亏得太多了，现在连盖瓦的工钱都没有了。这个项目返工次数太多……为了让你们满意……我真的是不计成本在做……"

"你的盖瓦工钱，跟我有什么关系呢？我并不曾欠你一分钱工程款。"万紫有点恼火。他开始了那种絮絮叨叨的话语进攻术，他的目的就是想让别人失去耐心，图个清净赶紧满足他的要求，但她偏又喜欢以理服人，"项目多次返工，是施工方的原因，合同里注明了施工方承担全部返工的损失，你不要把纠正施工错误说成无私奉献。"

"买外墙漆也需要钱，我可真是拿不出来了，"王总启动拖延新战术，掐住她急于竣工搬家的弱点，"只能等下个月，另一个项目付我工程款，我才有钱买漆。"

她嗅到王总开始耍赖的气味，知道合同对他已经失去约束力，撕破脸只会使竣工在即的工程陷入僵局。尾款还有四五万，只要王总无理停工三天，她就有权终止合同，自找外墙工程，能节约一两万块。付出时间和精力，她会赢，但这样扯皮，不是十天半个月可以终结的。权衡再三，她最终妥协，提前支付了一万油漆款。

"对了，散水什么时候做？"当初讨论工程项目时，她还不知道散水是什么东西。

"合同不包括散水项目。我不做合同以外的事。"王总说道。

万紫拿出合同，指出散水工程在清单里，王总指出散水后面的价格栏是零元，零元代表不施工。

"我们的工程是打包一口价，清单中项目的标价高标价低没有任何意义，但出现在清单中的项目，就是工程必做项目。"

"没有，没这个项目，我不做合同以外的事。"

"你口口声声不做合同以外的事，怎么就要我做合同以外的事，提前付工程款呢？散水一直在项目清单上，价格修改过好几次，最后你由两千多修改为零元的，因为后来是工程总款一口价，我就没在意任何单项价格了。你现在这样狡辩，只能说这个零元价是你挖的坑。"

"我们都是这么处理的，不施工的项目，价格栏里就是零元。"

"这个附件明摆着写的是《施工项目清单》，更何况那么多不施工的项目，为什么没在这个清单里备注零元，偏偏只有散水？"

"我做了这么多年工程，从来没出现你这样的情况。"王总偏离主题，"散水是合同以外的工程，我可以做，但是你要支付散水工程款，我一分钱都不赚你的。"

"好，王总，我们现在就来按合同办事，这样公平。我现在请你做散水，要多少钱你说了算。另外，工程已经逾期四个月，按合同罚款三万，还有延误的每天罚款累积，你也仔细算算。"

王总闭上嘴巴，半晌说道："这么着你是不想付尾款了？"

"你放心，我是要脸的人。该我付的钱，一分不会少。"万紫态度坚决。

王总拿手机计算器算了点什么，面孔突然软化松弛，笑得像老友重逢。

"算了，散水我来做，我亏就亏了。挖埋排污管道是我做，还是你自己请人做？"

"什么？你建一个房子，不做管道排污？那房子怎么使用？"她察觉到他又在耍花招。

"这些不在施工范围内，合同里没有写。"

"我理解你做一个工程也不容易，从没想过按合同罚你的款。合同里有好多东西没有写，需按常规施工的都没有写。你是内行，哪一个建房子不考虑排水排污，这是最基本的工程。我真的不理解，你这么大一个老板，怎么到最后为了几千块钱要如此绞尽脑汁？"

"要不是亏得太多……"

"行了，你就说要多少钱吧。"她决定吃亏让步，一秒钟都不想待下去了。

"管子加人工，三千八。"

"没问题。我出。"

爬出令人不快的泥沼，甩掉王总那副无赖的嘴脸，万紫还是像吞了苍蝇似的难受。她没料到会要如此直接、正面地和包工头接触纠缠。在他们挖就的池塘里扑腾，不可避免要呛几口脏水。王总是农民，不管业务做得多大，脑海里都没有法律意识，合同只是废纸，知道建新房的人求平安顺利，不愿惹上官司的晦气，工地瘫痪不吉利，都会选择退让息事。

万紫带着狗到了田间，大口地呼吸。

装修老板来电话，他认为主体没有完全竣工，装修不宜进场，同时施工会造成某种混乱。母亲似乎度过了最焦虑难熬的阶段，变得从容了。她可以笑着谈论施工过程中的曲折风波，说装修也是大事，不争这几天，一切要从容有序。万紫知道自己还远不到轻松解放的地步，室内装修是另一个高峰和折磨期，她得重整行囊，继续攀登。

十二　防水层

屋面盖瓦通常一个星期可以完工，但这个屋面整整花了二十天才告一段落。万紫多次爬上屋顶检查施工情况。这个屋面让小学毕业的张太山伤透了脑筋，但他什么都敢接，他的经验就是这么摸索积累的，铺错瓦修改了几次，浪费了不少材料，万紫碍于同学情面，主动承担了损失，追购补货。

万紫最后一次上屋顶验收盖瓦工程，她承认老同学张太山算得上天才，最终能把瓦铺得如此整齐美观。她指出了一些需要修整的小问题，比如缺了角或掉了色块的瓦，需要涂上瓦色漆，烟囱的油漆没做到位，屋脊瓦下裸露的水泥远观一道白，破坏了瓦景，瓦檐下的水泥天沟壁刷上瓦色漆，最后清干净瓦面的水泥浆和脏东西。老同学张太山高兴地抽吸着无形的鼻涕，开始滔滔不绝地描绘以往铺瓦的速度和这次施工的难度，声称没有他不会铺的瓦。

来自文化前沿上海的建筑设计图纸，在一个不发达省份的小村落能有这样的完成度，这是值得称赞的。这是万紫完全按照自己的喜好来做的，建筑预算最终膨胀到了一百万。房子与效果图一样，明媚大方，由于抬高了一米的地基，即便是大平层，仍显出几分巍峨，显得高高在上，衬得周围民居渺小寒酸。母亲整日笑眯眯的，背着双手走来走去。路人都要停下来打量一阵，纷纷赞叹。

过去十年间，万紫曾经梦想有一栋这样的房子，种菜养狗，写书画画，远离尘世喧嚣，但她梦想的地点不是这里，而是在大都市旁边，或者欧洲某处。万紫心怀骄傲，一种微妙的情绪在胸腔弥漫，她感到自己和房子有着直接的血缘关系，这是她付出全部生活换来的，是她生产出来的孩子。

端午节那天，阿桂终于带万固回来了。这是建房以来万固第一次露面，但他就像昨天就来过似的，没有任何新鲜事物能使他表情波动。

"这下好了，再有人给万固介绍对象，就回来这里相亲。"阿桂笑嘻嘻地挑眉睒眼。

万紫知道阿桂又在使用旁敲侧击的话术，也听出了话外音，眼前浮现阿桂与儿孙辈在这个房子里唱主角的情景。

"万固相亲，应该去你们现在居住生活的地方，向对方展示真实的家庭状况。"万紫认为年轻人要自己打拼自己的世界，"这个房子，是母亲和兄弟姐妹养老的地方。"

阿桂沉了脸，没有反驳。

过几天万紫带菜回来，给母亲做了午饭，母女俩沉闷无声地吃完，到洗碗的时候，母亲终于说话了："听说你不许侄子在新屋里做婚房，不同意他在这里拜堂？"母亲冰冷尖刻，"这是万红的主意吧？我就知道是她在中间挑事。"

万紫明白阿桂不敢直接顶撞她，暗地里添油加醋，借母亲的力量，煽动母亲为孙子争取利益，柿子找软的捏，拿万红开刀。

"你们不能冤枉万红，这不关她的事。我是为你建的房子，也是我们养老的地方，大哥大嫂是沾你的光。难道你想要四世同堂？"万紫一字一顿说得很大声，一半是因为母亲耳背，一半是恼怒阿桂拿母亲当枪使。

"祖宗牌位在这里，他不在这里拜堂，到哪里去拜堂？"母亲继续质问。

"我哪有资格不让他们来拜祖宗牌位？"万紫说道，"阿桂的话你不要全信，你不是不知道她牙齿稀。还有，你听力很差，有些话你可能只听了一半，传来传去，只会造成更多的误会。"

母亲沉着脸，噘着嘴，抹起了无声的眼泪。

母亲总是用哭做武器。在与父亲漫长的婚姻中，万紫没少目睹母亲在地上撒泼打滚、呼天抢地。他们的战争给孩子蒙上了巨大的心理阴影。万紫讨厌母亲的哭相，她年轻时有阳光明媚的笑容，牙齿洁白整齐，嘴边两个小酒窝，但她偏不轻易展示这些。

母亲使劲挤动脸部肌肉和眼睛，让眼泪滚出眼眶，以便手抹过去时不会扑空。

"你为什么要哭呢？"万紫说道，"你想要四世同堂？你们三世同堂时，不是吵得天翻地覆吗？你孙子性格那么懦弱，未来的孙媳妇要是厉害，不通文墨，不孝顺老人，你怎么办？我建个房子是让你享福的，不是受气的。"

母亲似乎在回忆过去婆媳间那些撕破脸的争吵，儿子和儿媳共同对付她。后来他们到城里打工，住得远了，少了眼前的利益纷争，回乡像客，婆媳关系才慢慢好了起来。

"你说得也对，万固读了大学，是在城里工作的，应该在城里买房置业，他住到这乡旮旯里来做什么？"母亲想明白了，抹干眼泪，"他也是太不争气，想想你二哥的儿子万明，只比他大一个月，自己在广州闯得多好，去年就挣了二十万，回来买了房。"

"万明的性格胆识是放养出来的。父母越是死管、包办，孩子就会越无能。"

"他和你有联系吗？"谈到另一个孙子，母亲就想到死去的儿子，眼泪又流下来，"万明伢子长得好呢，讲话、声音都像他爸爸，笑起来两个酒窝。"

"一直有联系。"万紫对母亲撒谎。实际上，在万寿的葬礼过后，阿桂通风报信，说万明对万福态度恶劣，万紫心想万寿都没这么做过，怎么轮到你一个晚辈这么无礼冲撞了？她没有问阿桂一句为什么，直接批评了万明。本来联系就少，这么一来，就完全断了联络。

万紫在现代化的大都市里读书工作，有着一套完全不同的思维与价值观，也一直游离于家族纷争之外，偶尔充当他们的调解员，秉持公正。没想到回乡建房这个简单的想法，却踏进了乡村伦理俗世，掉进他们的伦理价值规则的泥沼，这里面开着是非的花朵，长着清除不净的利益杂草，只有金钱衡量并暗自推动着他们的情感与行为。村里的事情万紫知道一些，比如有个患癌的母亲在家里等死，七个儿女没有一个人送她入院；一个孤独的老人瘫痪了，儿女们因为轮流照顾的日程争吵不休，毫不掩饰期待老人死亡。万紫隐隐感觉，这一类的世俗纷争，已不可避免地缠上了她，她的心在渐渐发疼。

想到阿桂对万红的态度；想到久久地站在万莉家中，等着她拿出一床曾经的旧被单；想到万固的冷漠麻木；想到万福的大吼大叫；想到假如年老时回到自己辛苦建设的房子，不过是投靠在阿桂家族的屋檐下，进不进得了门都尚未可知，万紫越发意识到有必要未雨绸缪，认真考虑房产归属的问题。

她编写了一条浅显易懂的信息发给阿桂，内容如下：

阿桂，有几件事情，我觉得有必要跟你沟通商量。

1. 关于房产证署名问题，我经过综合考虑，希望加上我和母亲的名字，三方各占的份额比重为：你们占20%，母亲占20%，我占60%。

2. 我的新书出版不了，装修款无法落实，部分装修区域可能顾及不到。

3. 我旧债未还，建房又添新贷，压力很大，无力独自承担母亲的生活。希望你们理解我的难处，尽力在经济上赡养老人，每个月给她两三百生活费。

"我什么都不要，我只想死，太累了。"阿桂是第二天回复的。

"什么意思？"万紫不知道阿桂受了什么刺激。

"我想知道你的真实想法。"

"我说了，要在房产证上加我和母亲的名字。"

"加你们的名字可以……为什么要写这么多东西？"

"怕你不明白。说清楚些好。"

"如果硬要这么讲，还是不明白。"

"什么不明白，尽管问个明白，什么死啊活的？你为谁累？我为谁累？你的命运不是我造就的。"

"给母亲出份子钱,要出就都出。"

"你还要谁出?要死了丈夫的阿桃出?"

"那倒不是。"

"还有谁必须出?万明吗?那万固是不是也得出?"

阿桂像往常一样怀着一肚子不同意见沉默下去了。

十三　挑檐

事情就是这么拧巴起来的。阿桂若还是从前的阿桂,摆出一副什么都不往心里去的豁达,表现人亲骨头香的信任,万紫是根本不会想到要在产权证上加名字的,正如当初申报建筑时,她主动要阿桂当户主一样,意思很清楚,房子属于阿桂。这么多年,阿桂理当了解万紫的糍粑心,她每次坐飞机前,都会把几十万房款打到阿桂的账户上,免得飞机掉下来,影响房子的竣工。阿桂是被房子的美丽蒙蔽心智,一心为自己的家族盘算,计算到家,不料越算计获得越少。

阿桂的阴阳怪气促使万紫尽快做房屋财产切分,明确产权是第一步。阿桂自然不同意份额的分配法,嫌她占的比重太少,尽管这比她实际投放的比重要多。她也担心母亲那一份将来留给孙子万明,到时她阿桂家族恐怕连祖屋地基都保不住。万紫是家族的女性，嫁出门的女，泼出去的水，一个外人却占着房子的大头，意味着她还是家族的话事人，未来还得臣服她家族主心骨的地位，这对自认为出人头地了的阿桂来说，是绝对不能接受的。万寿去世后，连家人团聚做饭这件事，阿桂都想甩手不干了，何况她自己的家族已经枝繁叶茂，撑起了一片天空，她弯了半辈子的腰，能够直起来了。

阿桂撕下脸面，挑明了对抗万紫。

房子还没竣工，财产战就拉开了序幕。

万紫从国土部门的朋友那儿了解相关情况，乡村房屋产权署名有法律规定，署名人的户籍须在本村，但朋友也留了一个活口，说会研究研究，看看有没有可能打政策擦边球。

这一天，万紫带菜下乡给母亲做饭，刚到家门口，就看见一个穿宽横条纹T恤的中年男人正与母亲聊天，一边在本子上记录什么，抬头见到万紫，热情地迎上来握手："我是镇国土所的李主任，很荣幸亲眼看见家乡的名人呀。"他说遵照领导吩咐，就万紫的房屋产权署名问题，先来熟悉了解一下情况，再看看怎么操作。陪同李主任的村主任也握手打招呼，他们都像对待一个大人物似的，分寸掌握在热情和小心翼翼之间，万紫说话时，李主任在本子上记了点什么，表现他尽职尽责的工作态度。末了李主任合上笔记本，请万紫去镇里吃饭，还有村支书和村主任作陪，具体在饭桌上再聊。

镇上的餐馆没有任何格调，就是一吃东西的屋子。圆桌上面铺着一次性薄塑料，显得非常低廉，菜谱上却尽是野味珍奇，也没有标价格，显然来的都是知晓内情的熟客。李主任根本不看菜单，随口报出几道菜名征求万紫的意见。村主任似乎也是这里的常客。万紫对野味珍奇没有兴趣，要求普通家常菜就行，最后李主任硬要加上一道红烧脚鱼，不然这餐饭吃得太简陋，他过意不去。

饭间李主任再次聊到万紫的户籍问题，在法律上有难处，不过他也向上级汇报了，看怎么能协调好这种情况。他也提出了建议，比如产权证可以署母亲的名字，由母亲写遗嘱，指定她为继承人，这是最便捷的办法。万紫觉得这不吉利，建个新房子，却让母亲写遗嘱，她内心也有忌讳。李主任说还有一个办法，就是在村里再拿块地，以大嫂子的名义申请。万紫觉得这个可以考虑，即便他们不愿意在那块地上建房子，多一块地总归是好的。有没有合适的地，还是个未知数，万紫想着等到事情有了眉目，再和阿桂商议。李主任当即让村主任通知熟悉情况的队长，约好队长一起在村里选地，但队长在医院，只好另作安排。

万紫回来告诉母亲喜讯："也许能拿到一块好地皮。"

"哪里有地皮拿？"母亲问道。

回望身后,万紫感到
自己用真实的肉身演绎了一部小说,
获得了仿如虚构的躁动与悲伤。

"村里的地皮,暂时还不知道在哪一块。"

"拿地皮干什么?"

"看阿桂他们喜不喜欢再说。"

满肚子意见但沉默不语,这是万氏家族的风格特征。母亲偏过头假装打瞌睡。她对这个女儿有几分畏惧,她多年来对家人的无私奉献以及见识智慧在家里树立起来的权威,是连有霸权地位的父亲都会服从的。母亲不露声色,和阿桂进入史上最亲密、互动最频繁的时刻,称得上婆媳关系的蜜月期。这两个曾经吵得撕破脸、恶语相向、在同一个屋檐下仇敌般互不理睬的女人,一个为了孙子,一个为了儿子,在面对一个共同的强大敌人——女儿、小姑子时,秘密结成了同盟。政府工作人员下来,母亲已经留了心眼,提防万紫利用关系,瞒着儿子和儿媳妇,在房子和地基方面做手脚。

装修已经开始了,万紫隔天就要回来一次。她喜欢在沿河的无名公路上开车。穿过城市拐上江边长堤,江水辽阔,淹没了俗世的嘈杂与喧嚣。在船笛声中行驶片刻,驶入河流边的芳草长堤。这是万紫最喜欢的河流,秀美可亲,听得见鱼尾弄出的声响,看得见细小的涟漪一圈圈荡开。河边有垂钓者,河里横着渔舟,河堤已经铺了混凝土,路面有不少新老补丁,会车时需要慢下来才能通过,通常道上没什么车。万紫听着欧美流行音乐,音响开得很大,低音炮中座椅震颤。有时也听英语新闻。她熟悉这条路上的每一个坑洼，知道哪家养了条马犬，哪家有个拐的残疾人，哪里会有一片芦苇，哪里会有一棵古樟。经过声名远播的百米双桡龙舟栖息的地方，她会想一想不久前的龙舟盛况，水中泊着数十尾龙舟，天上盘旋着无人机。比建筑物还高的巨大的屏幕里进行着现场直播。看龙舟的人挤在河边，像河边种了一排薄薄的绿化带，不是小时候十里长堤水泄不通的壮观。

万紫一般不走正式公路，有意绕开镇子里的混乱与堵塞。自打古桥被人为破坏之后，镇里就没有她喜欢的事物了。村子里似乎也没有她眷恋的，除了母亲。但午饭时关于地皮的事让万紫有小小的兴奋，即便不建房子，在那块地皮上种点什么也是很不错的。

车拐弯下了江堤，进入市区主干道，万紫立刻绷紧了神经。这里的人开车经常不打转向灯突然拐弯，有时是忽然快速挤到前面，还要提防斜刺里冲出来的摩托车。这个城市的人总是在争分夺秒。

"万福说什么你做初一，他做十五，要你在中国都不得安生，什么事情这么严重？"手机显示万红的信息。

万紫脑袋一热，踩了一脚刹车，电话拨过去："发生什么事了？"

"电话里说不清，等你回来当面讲吧。"万红说道。

天气高温闷热，一整天在装修工地，汗水遍身流淌，还要做饭洗碗，给母亲搭配营养，疲惫不堪地开车回城，一句"在中国都不得安生"的话，将本已奄奄一息的万紫击得粉碎，就像一枪打爆一个瓜。万紫知道这句话的分量，万福不是随便说的，是阿桂给他递了刀子，过去万紫跟阿桂分享的个人秘密，都成了阿桂手中的黑材料，她认为把这些当作武器，可能断万紫的财路，毁她的事业，甚至能让她失去人身自由。

"他们是为了什么？要干什么？"万紫握着方向盘，呆呆地望着前方。

暮色渐渐凝重。

后方的汽车鸣着喇叭，从她的车边绕行过去。

十四　尺度

万红的第二任也来了。他们的夫妻关系有点任性，基本上是第三任配合万红的脾气，要他滚就滚，要他回就回。这一轮战争持续时间最长，以第三任向万红上交两万现金获得"保释"为结果，太阳照常升起。这一次苦头吃得最大，除了长久的精神折磨，对自己一毛不拔的第三任，吸取了两万块血的教训，发誓不再和女人聊天，删掉了一批潜在的"危险分子"，生活中也不再随便和女人搭讪了。

万福和第三任的关系一直不错，他的信息是往第三任的手机里发的。

万紫查看所有信息，聆听语音播放。她的心脏被一只手死死地揪住了。

"从上面压下来做手脚，要把我们赶出去，我们还蒙在鼓里……她做初一，我做十五，我要让她在中国都不得安生。"

"我们没想要建房子。拆了我们的旧屋，要给我们赔偿。我在工地做了七八个月，工钱一分都少不得……"万福以一种吊儿郎当的腔调说着这些，似乎还有一种幸灾乐祸的愉悦。背景是"打官司，一定要打！"的叫嚣，很难想象那因歇斯底里而破嗓的声音，是从身高一米五、满脸苦相、柔弱无争的阿桂嘴里迸发出来的。

看完所有信息，听完所有语音，万紫明白是母亲制造了这场矛盾。当她从镇里吃完饭回来，告诉母亲可以多拿一块地皮的喜讯之后，母亲别转头假装瞌睡，但是背地里迅速"通知"阿桂，说自己的女儿要霸占宅基地了。

万紫一阵晕眩。建筑之事耗尽了她的心血与能量，连续奔波工地装修，原本酷爱开车的她一想到要开车上路就恶心，身心俱疲到了崩溃的临界点，如果不是为了母亲这一信念支撑，她早垮掉了。

"我怎么生在一个这样的家庭中？"万紫浑身发冷，从心底蹦出了这句话。被母亲歪曲其意后的出卖，阿桂他们歇斯底里的表现，一件子虚乌有的乌龙事件，成了人性的试金石。

万紫彻底散了架，瘫倒在沙发上。

万红的火暴性子上来了，打通阿桂的电话，一通劈头盖脸地斥骂："你们有没有一点良心，说什么她要赶你们出去，让我搬进来住。她是这样的人吗？我会住进去吗？她为了这个房子有多辛苦你们不知道？没想到啊，你们终于有出息了，真的有种了，要和帮了你们一世的妹妹打官司了，还要让她在中国都不得安生？你们知道自己在干什么吗？为什么把她想得那么卑鄙无情？她干了什么对不起你们的事？旧房子拆了要她赔，非要这么说的话，你忘了拆旧房是你们自己在现场指挥的，妹妹在几千公里以外。再说了，你忘了建旧房时你们求她帮忙解决资金？忘了生病时找她要钱？忘了救命也找她拿钱？忘了你们现在住的房子是谁帮你的？谁把你的儿子扶到写作的道路上来？谁给他介绍了工作？烂泥扶不上墙是他自己的责任吧？别人不可能一次次地给他找工作吧？爷爷和父亲去世，医药费、葬礼，你们作为长子长媳，没让你们掏一分钱。母亲一直是她赡养的吧？她做了什么对不起你们的事情，就值得你们这样置她于死地？"

万红一口气数落下来，手都在颤抖，"谁害妹妹，我杀他全家！我反正也不是长命的了！"

阿桂沉默着。

"不是妹妹有一千万，拿一百万出来建房子，而是在负债的情况下做这件事。你们想想，为什么她现在要在产权证上加署名字？就是因为你们没良心，对你们失望，你们太让她寒心。你忘了每次坐飞机前，她都要把几十万房款打到你的账户？她怕飞机掉下来，怕房子烂尾，怕母亲没地方住。你们竟然一点都不明白她的心思。你们现在在争什么？你们要什么？打官司打什么？你们现在过来说清楚！"

"我不知道万福说了那种话。"阿桂轻轻说道。

"你不知道？那电话里叫嚣着要打官司的堂客是谁？"

"那是有上下文的。"

"帮你们建房子还犯了法？！"

"我什么都不要。"

万紫吐出一口长气，拿过电话："阿桂，有些东西不是你张嘴就能要到的，得看别人是不是心甘情愿地给你。"

"我没想要房子。"阿桂低声说，"但宅基地是我们唯一的家。"

"知道农夫与蛇的故事吧?"万紫说道,"你们现在过来,我们把一切都说清楚,我不想和你们有任何财产纠葛。"

阿桂在万莉家,她很快就过来了,进门就抹眼泪:"你们都知道,万福一向是口无遮拦的,他又不会真的那么去做。当然他说出那样的话肯定不对,一个妹妹这么辛苦地帮家里,只有感激的,我已经骂过他了,回去我还会跟他谈。老这么信口开河伤人心,要不得。"

"让我在中国都不得安生,对你们肯定是有好处的吧?"万紫已经不相信阿桂的眼泪了,"我马上降级装修水准,你们房间的木地板和卫生间装修,资金也到不了位。"

"他是嘴上厉害,心里软。"阿桂假装没听到,"你都不晓得他是怎么骂孩子的,骂得比这恶毒得多,好在儿女都不记恨他……这是你们兄弟姐妹之间的事,你们是血亲,我也不好说太多。"

"这不是我们兄弟姐妹之间的事,这是我和你们家的事。"万紫纠正道。

阿桂开始数落丈夫的毛病和缺点:"又没本事,又不会沟通,脾气又暴躁,开口就骂人,尽挑伤人的话说,说完又后悔,我太了解他这个人了。要不是看在儿女分上,要不是知道他心地是好的,我早就和他离婚了。你们不知道,我被他气得出走、住院的事都有。但有什么办法,看着他那么刮瘦的，身体又不好，在外面做一天苦力，又没吃什么好的，也没享过什么福……"

阿桂打出苦情牌，所有人都沉默了。

万紫心里涌起一股怜悯。如果他们老老实实的，不那么精明地计算着房屋财产，对万红宽容友善，房屋产权自然全部是他们的。她明白阿桂在力争获得新房子更多的权利，她眼里只有自己的生活，只想着自己儿孙满堂。她过于用力，暴露了她对亲人的无情冷漠。阿桂是一个可怜的女人，为了自己的家庭埋头苦干，在城里当了几十年保姆、钟点工，依旧家徒四壁，屋子里的烂家具、旧电器全是别人的施舍，一年到头她都在工作，切掉子宫没完全恢复就开始出去做事。万福瘦得下巴像锤子，环卫工人、筑路工人、保安、抢险员，哪里要他去哪里，还要经常与体内的血吸虫抗争。

万紫惊觉自己堕落到和可怜人争吵的境地，羞惭万分。她从来没有这么真实地卷入过乡村家庭的内部生活，她没有拿过任何人的东西，也没想过拿，她只是停止一味付出的模式，决定在经济上和他们划清界限。他们不习惯她的改变。和他们相比，她是强者，他们也认为她是强者，她比他们富有，比他们有文化，比他们见过世面……她理所当然地为他们付出。他们不懂她，可她应该懂他们，甚至理解他们，因为她是研究人、分析人的，她有更高的思想层次。

但是当万紫在自我反省中，对阿桂他们的情感趋向友善缓和之时，却发现他们已经编织了强者欺负弱者的故事在亲戚当中传播。弱者天生站在道德制高点，强者自然会遭受不公平的谴责，连平时联络稀少的亲戚都说："阿桂委屈。"

十五　截体

母亲亵渎了万紫对她的爱。那一天她离母亲那么近，母亲半靠在床头吹风扇，万紫坐在床沿，怀着一种向母亲撒娇的小女孩心理，分享她带回来的好消息。地皮可不是随便什么人都能拿的。她想让母亲知道，过去老是要看各级领导干部的麻木脸色，现在村干部、镇干部都要请她吃饭了，以后没有人敢欺负万家人了，女儿可以保护母亲了。她以为母亲会开心，可是母亲把这些看作女儿与权势勾结、欺负儿子的情报，偷偷地通风报信了。

李主任又来调研。万紫看见母亲与他在屋后说话抹泪。她还没来得及告诉母亲，她的乌龙情报导致了一场巨大的冲突，阿桂肯定也没提。她可以猜到母亲在和李主任说什么，她正以伟大的母爱阻止一场儿子宅基地被夺走的阴谋，毫无顾忌地损害女儿的尊严与名誉。

万紫感到屈辱与羞耻。

"你还不过来,你喊的上面的人,又来做调查了。"母亲黑着脸。强调"你喊的",敌我分明。

万紫心里咆哮着,对母亲那张哭过的阴郁的脸涌起一股厌恶。

她笑着和李主任握了握手,问母亲哭什么。她多希望有一个慈爱的、知书识礼的妈妈,有能力化解家庭矛盾,至少不会制造矛盾。

"没有,她是眼里吹进了沙子。"李主任很聪明,逗留了一会儿就走了。

"你应该把事情搞清楚了,再去通风报信。"万紫对母亲说道。

"我不该告诉他们?"母亲流着泪护犊子,"上面都来这么多人了,只有他们都还蒙在鼓里。"

"什么事情蒙在鼓里呢?你为什么要把我想得那么坏?说什么我要把他们赶出去,让万红住进来,心得有多狭隘才会这么揣测别人啊。"母亲的脸脏兮兮的,眼睛只剩一条缝,满脸皱纹,万紫真不忍心吼她,可是不吼她又听不见,"不要什么都怪罪于你那个可怜的穷女儿,她太无辜了,你知道她要养病,老天保佑她不是癌症吧。"

万紫想起万寿,一股悲伤袭来。

母亲一扭头走开了，这是她的习惯动作。不知道是不懂表达，还是不屑一说。她总是无法把一个事情说透，无法水落石出，每次沟通，总是随着她脖子一扭宣告终结。只有和阿桂聊天，对于东家长西家短的事情，她才有滔滔不绝的见解和评析。

万紫不知道此刻母亲心里在想什么，她有没有反省，有没有对大女儿心生怜悯，产生一点愧疚，有没有为自己用并不准确的情报给子女造成误会和矛盾感到不安？她有没有想过，原本是书斋中的小女儿，放下自己舒适的生活，放下赖以为生的电脑，像个男人一样顶着烈日在工地上指挥、劳动，晒得黑黑的，忍受因阳光过敏带来的皮肤刺痒，只是为了给她建房，为了家族团聚。她为什么不留着钱过自己的日子，去世界各地游山玩水？

万紫面向菜畦呆立，母亲的菜种得很好。那原是个洼地，是母亲找她要钱填起来的。万紫觉得自己在此地的忙碌就像一个笑话，一个并不逗人发笑的笑话。她感到窘迫，可又无法一走了之。她还要负责外墙的漆面验收，和王总结账。无论如何，她要保证房子按原计划完工。她已经没有心思计较室内装修。装修师傅和她商量什么，她都由师傅自行处理。全屋铺木地板的计划改为铺瓷砖，取消了吊顶，取消了玻璃淋浴间，洗手台由三千一个降到一千五，即将动工的园林围墙也暂时不做了,屋子周围的土也不填了,绿化园林自然不会考虑。

外墙漆已经做完了。一个黑壮的河南人从王总手中包下了这个项目,然后将工作交给了两个本地的年轻人。万紫这才想到应该检查外墙效果,随便转了一圈,发现施工毛躁,喷得厚薄不匀,边界线不直,有几个地方还弄错了颜色。她打电话告知王总整改。隔天过来,只见咖啡墙面打着几个白补丁,王总说油漆工已经撤走了,补丁是小马打的,没有咖啡色油漆了,所以用白色的填补。

"你家的黑衣服会打白色补丁?这么大工程都做完了,几个小地方就不能好好收尾?"如此敷衍了事,万紫觉得不可思议。

"你买油漆来,我免费给你刷。"王总说道。

"你又蛮不讲理了,对吧?做好外墙漆,是你的责任,咖啡色上打白补丁,我相信你心里明白这是个笑话。我不可能验收。"

王总以亏损为由不断狡辩,双方在电话里纠缠了很久,最后万紫说,这几个地方的颜色不处理好,工程验收通不过,无法竣工,延期将要追加罚款。

"万总,我已经通知你验收了,三天之后你验不验收,工程都会竣工。砌墙和盖瓦的工钱我还没付,你欠我的尾款数目差不多,就由你支付给他们吧。"

"你欠农民工的工资,和我没有关系。你得按合同办事。"万紫觉得这世界到处在和她作对。

"我跟你说了,这个项目我亏损,你不要太欺负人了。有好几个地方你要求返工,我都没收你的钱,是不是?你要是不承认,我就去把返工的地方砸了。"

"你敢损毁我的私人财产?有没有一点法律知识?只要是甲方的责任需要返工的,我都承认,那几个小地方返工,不过是一两个工的事,我就给你三个工,九百块钱。你还有什么要算的?我给你算合同违约金了吗?遇到我这样的甲方,算你走运。"

王总说工程逾期是客观的,天气不好,陆续下了很多天雨,工人又轮流感冒,有一段时间因为管控,工人还不能离开本地……他不顾一切地狡辩,渐渐露出下三烂和混混儿的蛮不讲理,言辞中还带着某种隐隐的威胁。

万紫掐掉了电话。

第二天,瓦面包工头张太山和泥工师傅来找万紫,说王总交代了,工钱在她的手里。万紫如实相告,尾款不多,扣除质保金款,并不能够付清他们的工资,而且王总无权转移债务。万紫请他们放心,如果王总不付工钱,她会帮忙联手告他。

当天晚上，万紫发了一条信息到建筑群里，通告王总工程烂尾，以及拒付农民工工资的情况。一直沉默的荣总也在群里劝王总好好收尾，不要引发更大的麻烦。

王总没有回复。

两天后，万紫发出一份关于乙方拒不履行合约，甲方保留法律解决途径的书面通知。

尊敬的乙方（王总）：

甲方别墅工程逾期四个月尚未完工，两次通知乙方，修补外墙漆，完成洗手间防水，尽快竣工验收，但乙方拒不执行合同，反复商谈无果。现甲方最后书面通知乙方，务必在周一八点之前，解决处理工程烂尾事宜，如仍拒绝履行合约，甲方将即日通过法律途径维护权益。

1. 报案。恶意拖欠农民工工资，不付房东水电租金跑路。

2. 起诉。工程逾期四个月，严重违约，造成巨大损失，须按合同赔偿。

时限三天。

甲方：万紫

2023年8月4日

十六 散水

万紫的生活从来没有这么混乱，这么充满无力感。家人的态度，工程烂尾，包工头耍赖，装修电工埋错了线，瓷砖老板为了销货故意发错颜色、产品型号也不对，仍然狡辩那就是她要的。大大小小的事情在这一瞬间全部涌来，万紫无力应对，退一步将错就错。不去计较瓷砖颜色、装修样式，来的什么，就安装什么。她也厌倦了这些小商小贩，厌倦了他们防不胜防的欺骗，厌倦了他们巧舌如簧的坑，厌倦了在毒辣的太阳天出门，为这样那样的事继续奔波，却没有人在乎。建房子是她一个人的事。他们认为她无所不能。是的，她是无所不能。离开这么多年，她从来没有要求过家人的任何帮助，没倾吐过苦水，没诉说过悲伤，没表现过脆弱，她比钢铁还坚固。没有人主动打电话给她，关心她，问候她，屈指可数的电话，都是要钱，生病，或者发生了别的事情，以至于她看到他们的来电，心跳就急剧加速。

她又想起了二哥万寿。如果万寿活着，很多事都可以推给他来做。他办事她放心。她后悔没有回来参加万寿的葬礼，没有关心过他的儿子万明。从阿桂那里听了太多关于阿桃的负面信息，比如阿桃外遇，不关心万寿，万寿在家里喝了很久的粥，病得连粥都咽不下去，才肯花钱到医院看病，听起来简直是个蛇蝎心肠的女人。

万寿的死，万紫是怪罪阿桃的。阿桂说什么，万紫都信了，不容分说便拉黑了阿桃。万明聪明开朗有魄力，比阴郁鲁钝毫无主见的万固更受欢迎，阿桂乐见万紫抛下这对孤儿寡母，将焦点放在她的家庭。

无眠长夜，万紫心头涌起对阿桃母子的愧疚，尤其是当阿桂一家如此无情时。扳着手指头能数过来的亲戚，眼看着就扳不了几下子，她忽然想重新拾起阿桃这头亲。所有关于阿桃的动态都是阿桂说的。什么矢志不改嫁、自称永是万家媳妇的阿桃找到了男朋友，然后是阿桃同居了，阿桃结婚了，阿桃要带新人回去见母亲，母亲拒绝了。已经过去七年，时间改变了一些固有的东西，万紫发现自己早已谅解了阿桃，同情阿桃千疮百孔的生活。在万寿诊断出癌症晚期前两年，她自己经历了一年多的化疗，与死神近在咫尺，病中信仰基督，病好后成为忠实的信徒。

万紫想好好地祝福阿桃，她是苦过的女人，她理当追求幸福，获得幸福。她记得万寿第一次带阿桃来家里，阿桃双脚踩在门槛上玩。现在想起来，阿桃应该也是一个率真的人。她又想起某年回家，万寿将两岁的万明放在她的床上，要姑姑带着睡，说是"再不抱他就长大了"。第一次见面，万明一点都不认生，好像知道这是很亲的亲人。

想到这些，万紫忍不住泪流满面。

她决定去见阿桃。

天气持续高温。万紫的脖子和手臂冒出密密麻麻的红色颗粒。她一直没空去买抗过敏药。挤入自私与粗鲁的车流，嗅着焦躁而自大的气息，她想回到自己北方的家。她在这里像一个可笑的蠢货，掉进了漆黑的陷阱，在他们的伦理价值观念包围中，感受到自己的失败，承受他们对一个老单身女人诡谲的眼光与揣测。母亲也是其中之一。母亲从来不和她谈任何个人问题，她喜欢和阿桂在背后议论她，就像谈论某个邻居家不正常的女儿。

一辆比亚迪车不打转向灯忽然往左横去。万紫猛踩刹车，爆了一句粗口，自己也吃了一惊，短短几个月，她由一个说话缓慢的文明人，变得如此急躁暴戾。

她脑海里又出现"在中国都不得安生"的声音，还有阿桂变声的吼叫，"打官司，一定要打"。她曾经感动于每次回乡阿桂买菜做饭，万福杀鸡剖鱼，他们是她的亲人。她也想好了请阿桂在家照顾母亲，她付薪水，她会照顾他们没有退休金的晚年，当然也包括万红。

她心里始终装着他们。

可是……

一股凄楚拥堵在她的喉咙口。

"在中国都不得安生……"

"亲情是什么……亲情就是金钱和物质的总和……"

眼泪涌出来,满脸爬行,她渐渐泣不成声。

"我没有自己的家庭,在我心里你们就是我的家人……既然是出口伤人,为什么不来道歉,为什么不向我道歉?"

万紫突然感觉左侧传来刺耳的鸣笛声,她本能地将方向盘往右猛打,一个巨大的阴影覆来,一辆庞大的油罐大卡车擦着车尖飞过,轮胎因为紧急刹车摩擦出浓烈的青烟。

命悬一线。

从油罐车呼啸而过的阴影中回过神来,她意识到自己活着,脚还听使唤,双手在方向盘上,没有血迹,浑身上下没伤一根毫毛。

也许是二哥的庇佑。

她花了些时间平复这幕惊险带来的冲击,缓慢地开到镇餐馆。

阿桃已经在这里了。一见面就抓着万紫的双手,眼睛瞬间红得像兔子,眼泪汩汩外涌,冲刷着涂着白粉的脸,露出皮肤老化的底色,显得不太洁净。万紫没想到自己也会哭,就像盼着家人替自己出气的小时候,终于见到了二哥,滚下委屈的眼泪。

做了几十年姑嫂，还是头一回这样亲近。两个人在能容纳十几个人的大包厢里时哭时笑，好半天才平静下来，菜也快凉了。她们一边吃，一边从容地说些体己话。

万紫谈起来自阿桂他们的误会与伤害，越来越感觉阿桂是"老骥伏枥"，扮猪吃老虎。阿桃倒是有些为嫂的气度，劝万紫别往心里去，家里只剩这么些人了，要和和气气地住新房，让母亲开心。但她也会说起过去的不快，比如万寿刚落气时，阿桂就发号施令，要按镇里的习俗办丧事，她不同意将万寿葬回村里，万明就是因为这件事顶撞了他们。

阿桃云淡风轻地说了很多她似乎早已看开的往事，有些事情与阿桂的说法截然相反。倘若阿桃没有撒谎，那么阿桂就算得上一个城府很深的有术之人，她掌握了万紫爱憎分明的性格，灌输了许多阿桃的负面信息，成功培育了万紫对阿桃的厌恶之苗，万紫相信阿桂的每一句话，这么多年被牵着鼻子走，断了阿桃这头亲，疏远万红，最后只守着阿桂一家转。

万寿在世时，阿桂曾经对万紫说，万寿他们想回来分宅基地和祖屋。但阿桃说他们从没有过那样的想法。万紫相信阿桃说的，这就是阿桂典型的旁敲侧击的话术，一为试探万寿他们是否真有此念，二是看万紫对此的反应与态度。如今面对新房子,她张牙舞爪,同样是害怕宅基地被万紫瓜分。

万紫为自己的头脑简单感到羞愧。

"过去的事情都过去了,"阿桃含泪而笑,"一家人永远是亲人。"

十七　雨篷

与阿桃见面,冰释前嫌,这肯定是善意的,于情于理都应该弥合这道裂缝。事实上万紫夸大了内心的歉疚,她并不欠阿桃的。她曾经在救治万寿的事情上全力以赴,得到消息便立刻找人安排入住省会医院,并且提前结束了在欧洲的旅行赶回来。她强有力的支持给了万寿活下去的信心与希望。万紫和兄弟姐妹住在医院旁边的酒店,陪伴他治疗了两个多月,她负担了所有的开销,付出了近十万的医疗费用。阿桃与万紫姑嫂多年,从来没有建立单独的联系和私人感情,经常一两年不通音信。

不过,万紫迈出这一步的动机应是更复杂一点。有那么一刹那,因为阿桂一家的言语和行为态度,万紫忽然间产生了势单力薄和众叛亲离般的惶恐,因此特别怀念二哥万寿,而阿桃是万寿的象征,也许这是推动万紫去见阿桃的深层因素。也许万紫在这次见面中有建立同盟的企图，但因双方相互缺乏基本的信任基础，又有关于阿桃厉害的传闻，万紫不会在悲喜交集的眼泪中掉以轻心。

阿桃只是另一个版本的阿桂。万紫依旧不喜欢阿桃，甚至觉得见面是多此一举，家长里短的无聊琐事，弄得沉渣泛起。无非是提供了一次彼此宣泄的机会。她们原本是价值观不同的人。这一次并不完全信赖，甚至暗藏戒备的交谈，将是两人此生唯一的一次，她们的交情也终将只是在做红白喜事时往来的亲戚，不会溢出。

不过，她们毕竟见面同哭，万寿泉下有知，多少会有些欣慰吧。

下乡的路上，万紫的心情明朗了许多。

太阳一早就释放出辛辣。天气预报显示最高温四十度。黑狗看见万紫欢欣吠叫，万紫牵着它在田间遛弯。黑狗嚼着叶子细长的青草，狗不舒服会自己找草吃，万紫也想嚼一种青草治疗不适。她内心忐忑，给王总下了强硬的书面通知之后，不知道形势会朝哪一面发展。她真的无力再应付任何节外生枝的事情。假设王总来了，她就通知张太山过来，他们打算扣押王总的车，逼他现场付清工资。如果王总不来，她就得带领张太山他们采取法律手段。打官司是最坏的结果。

"现在谁都不敢欠农民工工资了，这是犯法的。只要去劳动部门一告，很快仲裁，资金就直接从包工头的账户划拨出来了。"张太山对打官司并不悲观。他抽吸着无形的鼻涕，说起去年承包的工程，施工时有一个工人摔死了，被判赔十二万。他对这条路很熟悉，律师都是现成的，和他们打交道不是一次两次了。

农民工懂得使用法律维权，这出乎万紫的意料，自己免于被拽拖进官司的泥沼，心里略微轻松。建筑工程剩下的几个小施工项目，装修师傅答应完成，卫生间做防水，涂掉外墙漆的白补丁。如果王总不来，等于放弃尾款和质保金。但他人不在本地，张太山讨薪也没他说的那么容易，拿不到钱，终归会牵扯到东家，横竖是件麻烦事。

万紫心里正七上八下，只见一辆黑亮的豪车停在了堤边上，王总和小马下了车。万紫发信息通知张太山，拴好狗，在工地等着。

"今天咱们把所有问题都解决好。"王总往建筑里头走，小马拿着账本跟着，"你来说清楚，有哪些地方需要修整？"

"天花板已经开裂，看到了吗？"万紫指着屋顶几条细长的裂痕，"但我不想追究责任，我请装修师傅处理这个事情。工程太马虎，有个房间的天花板一头比另一头高五六厘米，只好通过吊顶来整平。至于卫生间做防水，以及外墙漆修补这两项，你现在就可以计算一下费用，我们今天做一个彻底清算。你用工程尾款减去这八个月的施工水电费三千六,由我母亲垫付的,减去卫生间防水及外墙修补费用,再减去质保金一万五,我要付你多少?"

"行。防水工程加外墙漆修补两项就算八百块钱吧。"王总埋头计算,很快得出结果:"你总共还要付我三万九千六,再加上上次提到的九百块钱返工费,一共是四万零五百元。"

"按照合同约定,扣除质保金一万五,一年以后退还。"万紫说道,"你不能要我做合同以外的事。"

"万总,不能这样,这都不够我付泥瓦匠的工钱,"王总恳求,"要不剩下的工钱,我让他们一年后找你拿。"

"你欠谁工钱,和我无关。我现在马上付清工程尾款。"万紫打开手机转账,"我已经全部履行了合约责任。"

"这不行啊,我欠着别人的钱还不清,你怎么能欠着我的钱不给呢?我的血汗钱啊。你不给,我今天就跟着你走,你走哪儿,我就跟到哪儿。"王总边说边无耻地贴近万紫。

"按照合同规定,质保金一万五一年后退还。你不要耍赖。"王总靠得那么近,涎着一副卜作的嘴脸,做出侵犯的姿态。他身上散发出不洁的气味和劣质的气息,万紫迅速地避开这团脏污的东西,往长堤上走。王总紧跟在后,嘴里念念有词。

万紫疾步前行。

王总如影随形。

万紫猛地停步转身,甩了他一耳光。

"打人了,打人了呀!"王总几乎是欣喜地叫了起来,扭头寻找自己方面的人,见小马垂着手木然旁观,厉声问道:"你拍呀,拍了没有?"

小马不情愿地拿出手机,开始拍摄。

万紫恍然大悟,原来找打正是王总的目的,挨了打,他就获得了进一步闹腾的筹码。

小马的手机对准了现场,王总的表演开始了,他继续逼近,几乎要贴到万紫的身体,挤眉弄眼,肢体挑衅,企图再次激起她的愤怒。

万紫克制着,只能用冷冷的眼光射杀这头野兽。

但野兽的皮早已厚到刀枪不入。

已经有不少村民围观。屋角边、树荫下,三三两两的。男人抽着烟,女人摇着蒲扇,神情闲淡。

毒太阳像舞台灯光,照着一对男女主角。

小马的摄像头准确地捕捉着演员的肢体动作与表情。

"你敢再碰我一下?"男女主角的脸相距不过一巴掌宽。男主皮肤油汗泥泞,身体不动,运用面部表情和眼神肆无忌惮地挑衅、羞辱、刺激,忽而鄙夷,忽而邪恶,忽而轻佻,"你再打我一下试试?"

被冒犯的女主眼里是愤怒、厌恶、绝望、孤立无援，如果导演安排她手里有一把西瓜刀，男主就会捂着肚子倒在血泊中。

一个外地人敢在村里这样撒野，这是过去历史上从来不曾发生过的，更莫说这样明目张胆地欺负女人，左邻右舍早过来揍趴他了。但是，这个年代的这一刻，一个外地人对本村女性肆无忌惮地冒犯与羞辱，没有一个人站出来把这个泼皮拉开，没有人出面秉公论理，更没有义愤填膺的拳头砸过去。

好戏开场，人们在外围静静地观赏，小声议论，探讨故事的来龙去脉。背景是一栋新鲜明媚的别墅，蜘蛛还未来得及织网，尘埃还没有积满窗台，烟囱口还没被油烟污染，瓦缝里还没藏下一片落叶。它一尘不染，在阳光下散发出厚厚一沓新钞的清香。

长达八九个月的建筑工程，王总掌握了万福胆小怕事的特点，熟悉了村里的人际关系，但凡万家有一个硬汉，他也不敢如此放肆。

万紫的眼里渐渐贮满了泪，失望与心酸替代了心中的厌恶与愤怒。她没想过向万福求助，她心里还回响着"在中国都不得安生"的刺耳声音。围观者中没几个她认识的，他们对她更加陌生。

她慢慢恢复了理性与冷静，清醒地意识到眼下的村庄，已经不是她那时的村庄，她不过是一个外地人，村民们围观的，是两个外地人的纷争。

无计可施中，万紫打电话给万红，叫她和第三任"带些人来"。这话是说给王总听的，她想暂时挫一下他的嚣张，摆脱眼前的困局。

王总像一只斗鸡，紧盯着对手。

"你别欺负一个女人。"这时候张太山来了，连扳带推逼退王总，"有话好好说。"

"我没欺负她，是她打人！"王总向周围人求证，"你们刚刚都看到了吧，是她打人。"

没有人回应。

王总望向小马，小马低下了头，这个年轻人脖子都羞红了。

"你们的事我不管，今天你必须结清工钱。"张太山说道。

王总的车被围住了。有人喊把轮胎卸了，有人喊打残欠薪的人。

见形势不妙，王总友好地搭着张太山的背："哥们，你放心，你的钱我一分都不会少……只要万总的尾款一付，我立刻转给你……由她直接给你也行。"

"一码归一码,我不管你那些啰里吧唆,今天你就得把工钱给我付了,我的工人在等着呢。"张太山不吃这一套。

"保证一分钱都不会少你的。这个项目我亏大了,真的没钱……"

"没钱你还换了新车?"

"我的车坏了,这是临时借的……"

"不给钱,那就扣车。"张太山毫不客气。

王总掉转矛头,手指万紫:"大家看吧,她欠着我的血汗钱不给,我们辛苦做了这么久,亏本做的这个项目……"王总又死皮赖脸地逼近万紫,"你还我血汗钱,还我血汗钱……"

这时一辆摩托车咔嚓停下,是万红和第三任,他们真的带人来了,"人"就是万红怀里那个一岁半的孙女儿。

三个人来势汹汹。

"你干什么,欺负女人算什么东西?老子一耳巴扫死你个杂碎。"万红腾出一只手来直指王总。

本已蔫巴的王总顿时来了精神,将右脸朝万红跟前一伸:"你打,你打呀!"

话音未落,他便挨了"啪啪"两巴掌。

"你敢动我老婆一根毫毛,老子两根手指捻死你。"王总还没反应过来,第三任已经挡在面前。

"拍到了吗？"王总转头问小马。

小马点点头："都拍到了。"

"我要报警，这里暴力打人。"王总心满意足地打通了110。

母亲忙完事情从屋子里出来，看到堤上聚了些人，不知道发生了什么，见到王总也在，连忙客气地迎上去，问他要不要在家里吃午饭。

十几分钟后，来了两台警车，四个警察，胸前都别着微型摄像机，落地犹如四大金刚。

"谁报的警？"高个警察问。

"我。"王总回答。

"谁打的人？"高个又问。

"我打的。"万紫说道，万红回屋给小孩换尿不湿去了。

"不是她，是那个抱小孩的女人。"王总说道。

"走吧，都随我们去派出所做记录。"高个说道。

人们堵在王总的车前，说不能让他走，他还没付清农民工工钱。

高个警察说他们只处理打人的事。

"他的车留下，人可以跟你们走。"张太山灵活。

"我也是当事人，我跟你去。"万紫说道。

"要打人的当事人去。"高个警察很严肃。

"我姐姐在带婴儿，而且她晕车，去不了。"

"那我就只能强制执行。"高个警察威容难抗。

"你敢！你得先搞清楚事实。"万紫厌恶这冷血的执法，"是那个包工头逼过来，我姐姐出于本能要保护孩子。"

黑壮警察叉开腿堵在万紫面前，警告她这是在妨碍执法，眉目凶恶。

"收起你这副嘴脸吧，别对着基层老百姓作威作福，你是来为人民服务的。"被王总堵住，万紫心中的厌恶感到了极点，这会儿被黑壮警察堵住，瞬间觉得自己强大起来。对泼皮无赖，她没有办法，但对警察，她可以运用文明社会的礼法和逻辑，"你要知道你是纳税人养的，我也是纳税人，所以你也是我养的。你明白我在说什么吗？"

黑壮警察愣了一下，沉着脸用手扶了扶摄像头。

头脑灵泛的围观者被万紫那句一语双关的骂人话逗得笑了起来。

"你们听着，一个女人抱着孩子，如果和他有肢体上的冲撞，那也是为了保护孩子。他是个壮年男人，他那么情绪失控地逼近她们，很容易伤到一个柔嫩的婴儿。"万紫开始了她擅长的雄辩，"而且，今天最主要的事情是，他不给农民工工资。警察是抓坏人的，这里明摆着有个坏人，真正违法的坏人，你们不去管，却要对一个抱着孩子的女人强制执行什么,请问你们的执法里面有没有一点人性?你们这是在变相帮助坏人。我可以告诉你,你无权强制我做什么,如果你要求我配合,那你还得对我客气一点。基层民警执法为什么这么野蛮?为什么这么机械僵化?你听着,我现在就向你们的领导投诉。"

万紫真的拨通了电话,她用的是免提。

人们静下来。警察也竖起了耳朵。

"伍哥,我乡下建房这里出了一点麻烦。包工头拒付农民工工资,在这里撒野。我姐姐抱着小孩和他发生了冲突,他报警说我姐打人。现在镇里的警察过来要强制带走我姐姐,却不管违法欠薪的包工头。伍哥,你们的基层民警办事能力太差,执法水平太低,太野蛮,连是非都分不清楚。我不接受滥用职权的强制,请伍哥派市里的警察来处理。"

"好,你别着急,我马上打电话。"

此时已是上午十一点。围观者堵在长堤上,影响了车辆通行,一个警察不得不临时当起了交警。

看上去空荡荡的村庄,一出事竟然能凑齐这么多闲人。世界一片混浊。万紫感到荒诞,感到羞耻,没想到离开几十年,竟以这种方式给人们提供了一顿免费的盛宴,供他们津津有味地咀嚼着,沉浸在闲适迷人的田园风光之中。

她立在沼泽中。四周雾气氤氲升腾。阳光刺激下,皮肤上有更多的颗粒冒出来,痛痒的面积在渐渐扩大。

两三分钟后,高个警察的手机响了,他边接边走到僻静处,所有目光齐刷刷地望向他。十分钟后,又来了两台警车,后面一车全是着黑色便衣的警察。

一个帽子有点紧的警察跟万紫握手,自我介绍了之后,转身朝人群大声说道:

"乡亲们,请安静一下。这里发生的情况,我都已经了解了。我们也不欺负外地人,全过程请大家随便监督、录像,我们保证实事求是处理。请问,谁是万女士建筑工程的包工头?"

"我。"王总摸着脸,表示他受了伤。

"哪些人被欠薪了?"

"我们。"张太山和泥匠包工头站出来。

"有没有凭据?"

"有。"张太山和泥匠包工头递上票据。

"欠条是不是你打的?"帽子有点紧的警察问王总。

"是的。但是……"

"别废话,立刻把农民工的钱付清。"

王总面如死灰,默默地掏出手机,开始微信转账。张太山和泥匠收到钱,朝帽子有点紧的警察竖了竖大拇指。群众鼓掌,称赞帽子有点紧的警察是个办实事的。

"那她打人的事怎么办？"王总问。

"那是一个抱着孩子的女人，你是一个年轻力壮的男人，一个弱者，一个强者，弱者为了保护孩子，发生了肢体碰撞，也是情理之中的。我问你，你有没有孩子？"

"有。"

"那我相信你更能理解我刚才这番话了。"帽子有点紧的警察拍拍王总的肩，语重心长地说道，"伙计，在外面做工程不容易，和气生财，了结了这个工程，回家去抱抱孩子吧。"

王总脖子僵直，像是噎住了。

这时又来了一辆警车，是镇长和镇里的派出所所长。

村里头第一次集中出现这么多警车。

十八　分水线

"阿桂，我得告诉你事情的来龙去脉。母亲实在是不愿在别人家住下去了，我想着提前把她的东西搬进新屋算了，即便还没铺地板，住起来也还是要舒服很多。天气那么热，顶着中午十二点的太阳，我一趟一趟地搬。有些东西我搬不动，我只能喊你丈夫帮忙搬。只要是我能做的，我绝不会麻烦他。施工队已经竣工撤离，屋边的横排水管被运泥车压坏了，你丈夫在挖开检查，准备换新管子。我喊了他几回，他才扔掉铲子，不是很耐烦。

"搬完东西，我正在搞卫生，供电所打电话告诉我，他们在别的工地匀出人来了，马上来给我们挖洞埋电线杆，工人已经在路上了。我赶紧放下手上的事，问你丈夫电杆埋在哪里，都定好位置了没有，确定不要影响砌围墙。他就放下锄头，走到化粪池边上，脚踩中电线杆位置。我说你的定位正好在分界线上，而且太靠沟边，一挖洞沟边的水泥块也会垮掉，电线杆正好在围墙线上，而且影响终端做圆柱造型。你丈夫焦躁不安，狡辩着说没在围墙线上，他定在那个位置的原因，一会儿说是避开排水沟，一会儿说线在空中要拉成直线。

"我让他解释一下，排水沟在哪里，从哪里排的。他要是说得对，我肯定要听。我不知道他是不是单纯地要反对我，不愿承认我总是对的，他闷声不吭地走了，继续去挖他那边的水管。我是一个讲道理的人，以理服人对不对？他采取这种态度是表示抗议吗？我朝他喊，位置都没定好，怎么就跑了？既然你提到了水沟，你连这个事情都解释不清楚吗？他就在那边发火，不知道他心里积着什么怨。我累得像条狗，也失去了耐心，我极度厌恶跟他合作，太难沟通，太

拧巴。我们就隔着一个地坪大声吵了起来。他说我一直欺负你们，最后甩掉手中的锹，大声骂我：'你是小人。'

"阿桂，我过去真的一点都不了解你的丈夫。他说要让我在中国都不得安生，我可以原谅他的有口无心，但这划下了伤痕。这一次又骂我是小人，这是要把我的人品踩进泥地里，让我沾一身污。三只叫鸡公早就预示了这些不顺。为避免反目成仇，我们不应有任何利益关系，我现在考虑如何切割房产。"

万紫一口气说完，表示要请律师走法律程序。

"哎呀，你莫听他的，他讲话跟放屁一样。"阿桂说道，"知道你们吵了架，我也很生气，狠狠地骂了他，给他做了很久的思想工作。我说，妹妹和阿桃这么多年没联系，现在见面是很正常的事情，哪里会有别的什么目的，家里还剩几头亲呢。死去的死去了，活着的要珍惜啊。"

阿桂又以旁敲侧击的方式提到万紫与阿桃的见面，透露这件事触动了他们敏感的神经，他们怀疑这里头有某种阴谋，因此给她扣上"小人"的帽子。

"幸亏我给了阿桃一个说话的机会，我现在知道了，什么是偏听则暗、兼听则明。"一股绝望的、厌恶的、污浊的怒火堵在万紫的胸口，夹杂着累积已久的悲伤、痛苦、寒心，这两股力量推动她与他们拉开距离，划清界限。

天空飞过执念与虚妄的鸟。

万紫受够了这些令人唾弃的鸡零狗碎。离家闯荡三十年，走遍东西南北，正是自己的努力与人格赢得了尊重，回到自己的家中却遭受亲人的侮辱、藐视、怀疑与敌对，听信他们的一面之词。无所谓阿桂是怎么知道她和阿桃见面的，也不去想阿桃到底是个什么样的女人，这对曾经的妯娌，究竟是对手还是盟友，万紫已经意识到该如何与这些亲戚保持距离，她决定和阿桂切割房产（关系），永远摆脱这纠缠不清的局面。

切割谈判定在星期一。万紫请了彼此信任的林主任做公证人，便于双方发生争执时调解，他曾经为村里的筑路项目出过力，阿桂住的廉租房，也是他帮的忙。

切割房产唯一可行的办法，只能是万紫出一笔钱，阿桂放弃房子的权利。

太阳炽热，阳光透过驾驶室车窗烘烤着裸露的手臂，万紫根本没有时间处理皮肤过敏的问题。看到自己的形象和周围的一切，都在这个夏天变得面目全非，她悲哀地感到自己活成了一个笑话。

林主任带了一位律师朋友，万紫请他们在条桌边坐下。上茶，厨房是开放式的，阿桂在洗碗。她说这事儿她不管，随她丈夫怎么办。一贯当家做主的阿桂，在这等重要的事情上忽然放手交权，傻子都知道她玩的是垂帘听政。万福在外面劳动,听到阿桂喊,就从后门进来,侧身坐在椅子上,仿佛椅子瘸了脚,需要他用身体平衡。他的身体语言显示了内心的怯懦和心虚。他不自在地笑着,含着腼腆,衣服上还有刚刚劳动留下的泥浆,手上也有些泥土。

万福的样子让万紫感到一阵辛酸。

有什么不太对劲。

但谈判已经开始。

万紫双肘搁在桌子上,以前所未有的严峻说道:"今天林主任在场,我先说几句心里话。建房子之前,我们兄弟姐妹的关系是最和睦的。在建房过程中,随着更多的接触与更深的了解,我们家里不断发生矛盾与冲突。毫无疑问,房子是一切矛盾的源头。我认为,只有彻底解决房子的问题,才能避免亲戚关系恶化,反目成仇。"

"我很感谢你们的信任。"林主任劝和,"我今天就像你们的一个兄长来参加这次家庭会议。你们的父亲在世的时候,常到我办公室喝茶,他是很为儿女们骄傲的。万紫为家里做的贡献大家都有目共睹,她是最小的,是理当被呵护的。你们的家庭其实相对简单,像我们家族,还有同父异母的兄弟姐妹,成员更多,亲戚关系也更复杂,作为长兄,我也处理过家里大大小小的矛盾。值得欣慰的是,我们所有的家庭成员都认同一点,那就是,要有爱,爱是凝聚家庭和社会的力量。"

一阵沉默。

爱是黄金,穷人家早当掉用来吃饭穿衣了,哪里存得住。

"我是这么考虑的,"万紫硬着头皮往下说,"你们也知道我的经济状况,我仍然会尽我的承受极限,想办法拿出四十万给你们。各自为安。我拿这笔钱,不代表我有钱,更不代表这个村旯儿的地皮值钱。你们也知道,邻居家的那栋楼房卖给亲戚,只收了三万块。"

在厨房缓慢擦碗的阿桂一直竖着耳朵,听到万紫开出的数目,人瞬间凝固,微张着嘴,呆呆地望向窗外。她在掂量这个数目的分量,心里飞快地计算它的用途,能在城里买一套什么样的房子。万紫将房款暂存她账户的时候,她每天翻查利息,作为一个月薪两千多的保姆,她从没见过这么多钱。

"要得。都依你。"万福站起身说,"没别的事吧,我继续去干活了。"

事情迅速地了结,仿佛一个急刹车。

万紫回城时,看到万福还在即将不属于自己的土地上忙碌,心里一阵凄楚。她想到父亲当年砌红砖固定分界线,担心万福老实被别人侵吞宅基地。父亲保护未来属于儿子的土地,她却在用金钱将父亲的儿子"逐出"家园。虽然阿桂做梦都想有这么一大笔钱，万紫仍然觉得自己在做一件残忍的事。她并不想成为那栋房子的主人。那不是她想生根的地方，但她就是不愿意再跟他们扯不断理还乱。

万紫一夜难眠。对阿桂他们怨恨一阵，怜悯一阵，时而又自怜一番。想到自己无人体会的艰辛，想到相继离世的父兄、树倒猢狲散的家族，又想到枯瘦的万福穿着泥靴，一辈子没直过腰的劳苦姿态。也许上天指定自己成为这个家庭中最有出息的小女儿，同时也指定了她照顾家人的责任。她想起万寿在世时对万福的关照与尊重，万寿不满阿桂将儿女拢在自己的阵线，一起蔑视与孤立自己的丈夫——因为他赚的钱没她多，还常常生病——这是非常伤人自尊的，也许这就是万福性格暴躁暴力的症结所在。万寿去世后，万紫对万福倍加关心，她的车留给他开，信用卡给他每个月刷用一定的额度，经常给他买衣服。回来后还在想给他买一台新能源车。但是不断发生的冲突打消了她的积极性，他们对待万红的态度也让她灰心。

纷乱的尘埃在破晓时分沉落下来，万紫睡了过去。但很快从梦中惊醒，睁开眼就给阿桂打电话，说万福爱土地，那些土地属于他，她无意霸占。阿桂说她丈夫也后悔了，回来一直唉声叹气，失了魂一样，晚上一夜没睡，说土地没了，乡下回不去了，这可怎么办。

"唉，看他累得那个样子，我想骂他也骂不出来。"阿桂哭了起来。不管她是不是通过编造情景的方式表达自己的想法，她的态度总归变了，她在退步、示弱。

万紫心里又是一阵悲悯，于是暂时搁置方案，没多久发现这是阿桂的话术，她是嫌四十万太少。

十九 天沟

万紫买了很多除甲醛的东西，搬家的良辰吉日已经选好，母亲似乎并不开心。建房过程中她也过于操心焦虑，在破房子里历经寒冬酷暑，已经变得又黑又瘦，再加上整日嘴巴紧抿，嘴角下垂，像一颗干枣，再也没有显露出嘴角的小酒窝。

好友寄来几十饼普洱茶祝贺乔迁之喜，每一饼包装都印着烫金的贺词。万紫想到母亲一个人在家，买米、换气、交电费等诸如此类的琐事，都是邻居帮忙，对于经常关照母亲的人，她都送上一饼茶叶，没帮过的，甚至略有龃龉的，也送了点小礼物。与母亲实际往来的邻居不多，也就三四家，万紫想着入伙那天，也请上这些关照过母亲的邻居一起吃饭，表示感谢。万紫还不知道自己对村里人的善意引来了家人的暗中猜忌，喧宾夺主出手大方，显然是有所图谋的，因为乡里人不会平白无故送人好东西。

母亲心里有事。通过她这么阴郁的表情，不难猜出阿桂在母亲面前说了什么。

万紫一心为母亲，如果母亲反过来对她不满，她也不快乐。建房、矛盾、心碎，她疲惫不堪的心绷得紧紧的，变得坚硬，失去了弹性。母亲的黑脸让她更加灰心与绝望。她绝不会在万红面前压抑她的情绪，肯定早就直接开撕了。父亲病危住院期间，她们当着父亲的面吵起来。万红翻了一通旧账，指责母亲重男轻女，心里只有儿子和孙子，见到外孙连笑脸都不肯给一个。万红的理由是自己没被娘家人重视，因此遭到婆家欺负。母女间的恶语相向让万紫感到震惊，没想到有一天自己也会与母亲大动干戈。

母亲当家做主强势惯了，在新居里得听万紫的安排，心里别扭。比如出浴室要在地毯上蹭蹭鞋底，不要将水带到木地板上；万紫扔掉的烂东西，母亲又会捡回来；万紫要求东西用完放回原位，便于下次使用；拖把分区域使用；切肉刀和水果刀分开。母亲在她自己的现代化卫生间放置塑料桶储有机肥料，万紫没管这些，她并不试图改变母亲的私人习惯。

但所有这些都不至于令母亲脸色这么难看。

万紫买回家具、电器，淘汰的旧东西寄存在破房子里。母亲事不关己地看着她进进出出。阿桂他们的房间里始终空空荡荡，万紫连窗帘都没给他们装。她最后运回十几幅专门为新居画的油画，将父亲、母亲以及小万紫的巨大合影放在客厅壁炉上。

"看得出这都是谁吗？"万紫笑着对母亲说，她以为母亲至少会夸她一句。

"是谁？"母亲瞟了一眼画，冷淡地说，"不认识。"

万紫由头凉到脚，心里打起了寒战。

想到自己用满腔的爱，仔细描绘母亲脸上的每一道皱纹，涂抹她因劳动而变形的手指关节，想到母亲并没有享过什么福，她边画边流泪，心里愧疚，发誓要宠着母亲，照顾她，保证她那个秘不示人的盒子里永远装满现金，让她不再为生活有一丝担忧。

母亲又一次轻蔑地亵渎了万紫的爱，她感到胃里一阵发烧。

将大油画肖像放在客厅，意味着父母是房子的主人，对于母亲来说，父亲早已变成牌位住进了祖宗神龛，儿子万福才是这房子的主人。

"不认识吗……那是我没画好。"万紫勉强稳住精神，打算把画藏到母亲看不到的地方。

"我好像听谁说到,万红想要那张旧餐桌?"母亲忽然问道。

"她家那么小,应该放不下。我问问看。"

万紫打电话问万红,她的确需要旧餐桌。

"她要就给她吧。"万紫对母亲说道。旧餐桌是万紫一年前买的,她忘了可以折边收缩。

"给她干什么?那么好的桌子,还新得很呢。"母亲脱口而出。

"不给她给谁呢?反正这里用不着。"万紫震惊于母亲对万红赤裸裸的嫌弃。

"他们要放到杂屋子里去,以后有用。"

"他们要什么东西,他们自己去买!"万紫音调高了起来。

"只晓得买,他们哪里来的钱买?"母亲也露出厉害脸色。

"妈,你怎么能够这样,情愿这张桌子给儿子存到杂屋子里落灰,也不给你的女儿?你不知道她家里的样子,我知道!她现在的饭桌矮小得跟过家家一样,你这里有她用得着的东西,为什么不高高兴兴地给她?这也算是帮她啊!"

"哎呀,拿去拿去拿去,要什么都拿去。"母亲不耐烦地挥手。

"妈,我是在给你说道理。你一定要认识到这个问题,桌子给她,一定是要你真心实意的,你高高兴兴地给,她才会高高兴兴地收。万红很可怜不是吗?她又没上班,哪里来的钱?"

"赌博几万几万地输,谁有她那么多钱?"

"那是她过去犯的错误,我们都要宽容她。她现在不是在辛苦地带孙子吗?省吃俭用贴补小孩子生活费。我们要力所能及地帮她,而不是笑话她。"

"行行行,给她吧。你大哥抹得干干净净的,全都整整齐齐地摆到那个破屋子里了。"

听到"干干净净"与"整整齐齐"的词句,万紫眼前便浮现万福擦拭桌子时的认真与爱惜。他也是家徒四壁的人,结婚时添置的几样家具早就东倒西歪,搬出去便散了架。万紫不觉对他也心生怜悯,一时间不知道桌子到底应该留给谁。

"家里还有九条长高凳、十把椅子、两张小方桌……"母亲自顾自计算起家里的老财产,那都是些瘸腿裂面的烂东西,只有劈了做烧柴用。母亲执着于旧物,似乎对新东西不屑一顾。

二十　空心墙

万紫回北方开会期间接到母亲的电话，她说黄昏时队里来了五六个人，他们怀疑花园围墙越过了界线，占用了公共马路，在家门口拿铁棍戳，用尺子量，最后说西边角侵占了三十厘米的马路，要求整改。万紫知道这个情况，为了拉直前围墙，她腾后了一米宽的宅基地，西端的角仍然伸进了马路，但她计划将整个马路向外侧用混凝土拓宽九十厘米，实际马路会比原来宽敞得多。母亲已经告诉了他们这个施工计划，他们不同意，有一个人还说，就算你马路拓宽一百米也没用，这边就是不能越界。

万紫嗅到一股蛮横无理的戾气。拿着铁棍到家门口到处戳，这本身就是羞辱与挑衅，也算是欺负万福软弱。过去父亲为了分界线，曾经和邻居打得头破血流，几十年相安无事，如今又有一种死灰复燃的意味。

万紫只能采用文明手段，给镇长打电话，请他安排协调处理。第二天村支书和村主任到了现场，测量记录，承认拓宽马路便利了村里交通，从此再也没有人来指手画脚。

万紫在乔迁之日前一天坐早班高铁回来，行李都来不及放下,直接开车去超市准备水果、坚果、一次性纸杯、彩纸礼炮,更重要的是检查礼仪公司的现场布置,气球、灯笼、彩幅、音响设备——为诗歌朗诵会准备的,还要挂匾、盖红绸、粘绣球,每一件事她都得亲自到位,没人关心这些。

驱车到乡下已是下午四点。房子周围一圈巨大的红灯笼,散发着张灯结彩的喜庆,新房美得像新娘。阿桂在搞卫生,明显有了隔阂与拘谨。万紫有意化解,叫阿桂一起粘绣球,一起忙到很晚才大致安排妥当。万紫这一天马不停蹄,累得不能开车回城,晚上和母亲挤一床睡了。翌日一大早就爬起来,清扫地坪,摆桌椅,分果盘,为乔迁仪式和朗诵会做准备。

这一天小雨淅淅沥沥,交织着爵士乐的缠绵与轻愁。友人陆续到齐,喝茶吃瓜果。朋友们轮番发言祝贺。这一天母亲相当高兴,头发梳得整齐顺溜,穿着万紫特意从北方购买的玫红色外套、布鞋,步履也显得轻盈愉快。她揭匾时,在梯子上挥手,笑容灿烂。鞭炮撕扯着地面,花炮直捣着天空。建筑的劳累在欢乐的气氛中似乎也随风飘散,一切似乎圆满顺利。没有吵架,没有争执,人们看到的是一个和睦欢乐的大家庭。

这种假象很快被一次更尖锐的爆发打破。

距离母亲生日半个月,万紫张罗在酒店订两桌,给母亲过一个特别的生日。一桌是自己家里的,一桌请村里经常帮助母亲的。母亲是情愿的,一起仔细商量了请哪些人,核实了名单，万紫最后加上了五保户邻居，还有一个瘸腿残疾人。母亲虽不喜欢无缘无故地请人白吃白喝，但也勉强同意了。万紫对镇里不熟悉，请教阿桃哪家饭店最好，约了阿桃一起去现场看。包间算得上宽敞，没什么格调，但有一窗河流与渔船，这会使气氛美好一点。

万紫回到家，一进客厅就听到母亲在房间里和阿桂讲视频电话。母亲说话的私密语气让万紫感到震惊，心里也涌起一阵嫉妒：母亲和阿桂像一对老闺蜜，她们显然早就结成了联盟来共同对付她。

"……那张餐桌万红要，给她算了，莫眼浅她们的。"母亲已经把万紫和万红捆绑在一起，视为敌对势力。

"她要拿就拿去吧，那床也是她妹妹原来买的，问她要不要，都搬走吧。"阿桂说道。

"她家里那么小，都不晓得她要了给谁去。"

"可能是给她儿子用吧。"

"不是我们万家的人，我看见都不爱……"母亲不喜欢外孙是明显的，在阿桂面前赤裸裸地说出这番话，有些谄媚的意味，"你知道吧，我的生日，她说不在家里搞，要到饭店里搞两桌呢。"

"那估计是要请她那些城里的朋友了……"阿桂吸气时湿漉漉的牙缝里发出吱吱的响声。

"不是的,村里的人她都要请一桌。我懒得管,反正我是不会去请的。她要请,她自己去请。你不要去吃,算了吧,你们都莫去。"

"嗯,我们提前一天回来给你过生日。"阿桂响应,"你随她怎么搞去吧,反正她做事不商量是搞惯了的……"

"以为请村里人吃饭,送东西,村里人就会喜欢她。"

"……前一阵她跑阿桃那里说了很多事,把自己洗得干干净净……"

"阿桃当时就跟我讲了!"

"她讨好左邻右舍,只怕是打算老了落叶归根。"

万紫听得浑身战栗,悲愤交加,忍不住快步冲进母亲房间,大声喊道:

"我听见了,我全都听见了!刘桂枝你个混账东西,我警告过你,不要总是在母亲面前说我!你少他妈的自作聪明,躲在背后挑事,我不会让你得逞的!我对你们一直心怀良善,是你逼我再次和你们切割。"

母亲像见到鬼一样吓蒙了,但迅速反应过来,将平板电脑往床上一扔,耍起母威:"你搞得好啊,听起壁脚来了。我们说你什么坏话了?"

"你开着免提,我在客厅听得一清二楚。妈,你怎么能这么狠心?我这么辛苦,这么无私地为你,照顾你,每一粒米,每一滴油,你从里到外的衣服,住的、吃的、用的,所有的一切,都是我给你准备的。我是在报答你的养育之恩,但是你为什么这么冷血?你为什么从来都不心疼我?为什么我从来得不到你的夸奖?

"你过生日,请谁不请谁,我都是和你商量定下来的。请乡里人,是感激他们对你的照顾!邻里关系搞好,不也是为了你们吗?你要阿桂他们不参加你的生日聚会,你是要丢我的脸是不是?要让我难堪是不是?你知不知道,你这是砸你自己的场子,丢你自己的脸!你这是团结子女吗?你这是挑拨离间,火上浇油!

"我为什么要讨好村里人?我有什么必要讨好谁?我又不是这里的村民,我又不需要他们抬丧,我烧成灰也不会撒在这个角落里。我做这些都是为了你们,我这一辈子都在想着让你们过好。你怎么能这么诋毁你自己的女儿?刘桂枝给你灌了什么迷魂汤!我有跟你说过她的不好吗?当我请她尽力给你一点生活费的时候,她说她想死。这就是你的闺蜜。还有阿桃,阿桃做了你几十年儿媳妇,她给你买过一双袜子吗?她们给你传宗接代有功,女儿就不是你十月怀胎生下来的吗?"

连母亲都在往自己身上甩污泥,万紫彻底崩溃了,她声嘶力竭,所有压抑的愤懑、痛苦,如排山倒海。她豁出去了。

"我不要谁给生活费,我自己有抚恤金,活得不会比别人差。"母亲强词夺理。

"你那几百块钱能干什么？要不是我每个月给你钱，你会活得像个乞丐！你会是全村活得最差的！我为你盖这么大的房子，你觉得很容易是吗？"

"我没要你建房子！我的旧屋还住得，漏雨只要修补屋顶。"母亲的话和万福的话如出一辙，"我宁愿住在旧房子里……子女不和，我住得不开心。"

"怪不得你每天对我黑着脸……"万紫的愤怒没有了，深深的悲凉占据了整个胸腔，"你们都没想要建房子，是我在作践自己……太难了……如果能掀掉新房，还原旧屋……"

"掀了就掀了。"母亲的耳朵好像只能捕捉某些关键词。

"好，那就掀了。你们的旧屋值多少钱，我赔。"万紫动真格的。

母亲傲慢地挤扭五官，将眼泪赶下来。

"以前我们家是最和睦的大家庭，现在四分五裂。为什么？因为利益。房子让人现了原形。是我在争夺你们的财产吗？可惜你们一无所有。现在，是你们逼我拿走属于我自己的那一份产权。我从十四岁起就没用过你一分钱对吧，实际上你都没有把我抚养成人。打我当童工起，你们谁也没有关心过我的死活。我有点成就了以后，你们打电话就是要钱。"

"我们哪里找你要钱了?"母亲不肯低头。

"妈,你说话要凭良心。"万紫震惊于母亲睁眼说瞎话。

"你把你大哥赶出去,你有良心?"母亲指着父亲的牌位,"你父亲在这里看着,你跟你父亲说你有没有良心?"

"我真希望父亲在这里。"万紫心里更委屈了,"至少父亲尊重我,尊重知识,只有你们,把我当农村妇女看待,你丝毫不了解我。父亲曾经流着泪,后悔没送我读更多的书。父亲都向我道歉了,妈,你为什么还要说这么伤人的话……你不觉得你也应该说声对不起吗?"

母亲哑口无言,突然拉长音调,捶胸顿足地哭喊起来:"哎呀……我的老倌啊,你为什么不带我一起走啊?"她几步跑到神龛前扑通跪下,"老倌呀,你怎么丢下我一个人呀,我这样活着有什么意思啊……"

万紫冷冷地看着地上的妇人,心里想这个人怎么会是自己的母亲。除了外貌,她们之间没有任何相似之处。她们是房子里两堵平行的墙。

母亲不认输,不讲理,撒泼打滚,还有一招以死相逼的杀手锏。她开始玩命。膝盖因风湿僵硬跪下去痛得直叫唤,在祖宗牌位前呼天抢地,失控的情绪刺激血压,脸色立刻变得通红,马上就要昏厥过去。

万紫想到母亲的高血压,如果她就这样发生意外,那是最大的悲剧与讽刺,她的余生将会活在懊悔与内疚当中。

她妥协了,像哄小孩一样安慰她,承认自己脾气不好,好不容易把母亲从地上抱起来,挪到沙发上坐下,又给她倒了一杯水,小心伺候她喝下。

"我要立遗嘱,房子将来属于万福。"母亲眼泪一抹,得寸进尺。

母亲竟然知道立遗嘱指定继承人,万紫知道是阿桂在背后教唆。

"妈,我会比你先写遗嘱,一碗水端平,房子由万福、万红、万明平分。"

"这是我的房子,不可能给万红,"母亲拍了一把茶几,"凭什么要给她一份?"

"我花钱建的房子,你们谁也做不了主。"万紫望着母亲那张皱纹密布的脸,话不再高声,这使她的话听起来更严肃,也更有分量,"万红是你的女儿,我的姐姐,她是我们家的一员。今后谁欺负她,就是欺负我。"

母亲瘫软在沙发里一动不动。

已是午饭时分,锅冷灶凉,万紫肚子饿得慌,胸口被堵得密不透风,没有任何胃口。但做饭是一种态度,这表明争吵终结,她转身去了厨房。母亲的权威受到了挑战,这一仗她打输了,输在离家三十年的小女儿手里。

万紫希望母亲能意识到自己做得太过分。"我是你的娘，错了也是对的"，理论上成立，但任何一个明事理的母亲，不会将这句话当作母女关系的真理，更不能无所顾忌地伤害自己的女儿。

承认自己不受欢迎，在这里还有点丢人现眼的意思，万紫心如刀刺。

她取消了母亲的生日酒席。

第二天清早，万紫听到菜园里传来母亲和邻居聊天的声音。昨天的争吵很多人听到了，房子外围有好几个人欣赏这对母女的战争，但没有人弄清事情的来龙去脉。邻居老太太一早到了母亲的菜地，假装弄几棵白菜，不经意间打探到了某些虚实，不免提高了一点音量，说道："没想到她也真是个没用的家伙呢，实在是出去了几十年了，怎么还这么不晓得世事？"

村妇们本来就擅长并沉迷于拨弄是非，只要有新的内容加入，就能像秃鹫一样扑向这块美味腐肉，啄啃、咀嚼，扑打着翅膀叫嚣。母亲竟然还在外人面前败坏自己，万紫立刻起床，随便披件外套，趿着拖鞋，快步到书房拎起父母合影的油画，到了路边的垃圾焚烧地。她的手颤抖着，引火费了些时间，但火苗终于升起。火焰迅速吞噬着画中人物。她怀着深深的爱意画下的"全家福"，在晨风中渐渐化为青烟。

父亲亲手种下的槐树，已经遮天蔽日。人们嫌弃它落下的果子使路面变脏，建议砍掉，万紫却修起了围栏保护它。槐树是父亲的身影。画这幅画时，她甜蜜地幻想着自己是父母的掌上明珠，他们宠爱她，呵护她，她在他们的怀里撒娇。她在这幅画中倾注了她这一生对他们最完整、最深刻的情感。过去她像孤儿般四处漂泊，她很坚强，她不需要他们。但现在没有人理解她的脆弱，她从来没有像现在这样需要他们，需要他们接受她的照顾，需要他们分享她的生活，需要他们的温暖与阳光，需要他们为她能照顾一家人而感到骄傲。她要告诉父亲，不必对她内疚，她感谢生活中的每一个沟坎成就了现在的她。

乡村社会是泥沼、旋涡、搅拌机……万紫回房间迅速收拾行李，大箱子扔进车尾，一踩油门驶离了这个令她心力交瘁的地方。

二十一　封顶

万紫没有哭，眼泪在心里奔涌，车内音乐咆哮。没有词语能够描述她此刻的感受，车轮在坑坑洼洼的路面起落。这是她从广阔走向狭窄的必经之途，从光明进入幽暗的唯一道路，是一条远方连接家园的情感钢丝，她在这条钢丝上来来回回半辈子，最终丝断坠落。她想起房间里的飞蚊尸体，在黑夜里为了屋子里的那一点暖光拼命钻进纱窗，清早成批地死在地上。

她把车停在小区里，打的士去机场。她感到世界一片空洞。人们拖着行李离开、返回，煞有介事。什么在终点，她不去想了。不去想那苦心孤诣造的房子，里面有多么冰冷；也不去想母亲如何抹杀一切，将她当作一件万能的工具。

逃离了泥沼，就是得救。她知道必须尽快把自己的精神也从那泥沼中拯救出来。

万紫告诉万红，她与母亲头一回发生了激烈的冲突。万红怒火冲天，当即就要打电话给母亲，质问她为什么一碗水不端平、制造矛盾。万紫知道万红说话不分轻重，那一次在医院当着父亲的面骂母亲"心黑心毒"，万紫便觉得过分。万紫本能地保护母亲，说母亲已经溃败，不能再打击她了。

托运行李，过了安检。回望身后，万紫感到自己用真实的肉身演绎了一部小说，获得了仿如虚构的躁动与悲伤。她反思事情为什么到了这个地步，她是依恋母亲，一心要让母亲快乐的。她想起与母亲拍桌对峙的情景，自己那一刻的执念，就是要把母亲的威风打下去，让躲在她背后的阿桂现出原形。

母亲不知道万紫已经离开，她登机前接到母亲的电话，说政府来了几个人，好像是关于产权的事。"他们打你电话没人接。我打给万红,她以为是你大哥找人来落实产权的,那个凶哦,把我一通刮,我哪里晓得他们是谁叫来的。"母亲的声音突然变了,有着前所未有的衰弱以及颤颤巍巍的怯懦。

万紫的心立刻悬了起来。

在这场冲突中,万紫知道,自己的态度肯定也伤害了母亲。她想起母亲长久地瘫坐在沙发里,眼睛肿成一条缝,背影是萎缩的,稀疏的白发凌乱。她做好了饭,母亲才勉强起身。坐到桌子前,她们都没吃什么,但坐到一起吃饭,也代表着某种和解。

只是两人都没再说话。

万紫在飞机上,底下是万里晴空。与母亲的物理距离越来越远,心却又倒退着靠向母亲。

回到自己的家,万紫依然无法平静,心不在焉地搞卫生,东擦西抹,仿佛某个喜欢的物品被打碎了,心里空落不安。晚餐勉强吃了点蔬菜粗粮,她脑海里晃动母亲几近蹒跚的身影:稀疏的白发,沟壑交错的脸,摇摇欲坠的门牙。她晚上吃的什么?她还在伤心吗?她会不会病倒?她是那种死倔死不开窍的人,会不会气得神经错乱?她一个人在家里,会不会有什么危险?

万一母亲有个三长两短,槐树下再也没有母亲等候的身影,园里不再有四季常青的蔬菜,空荡荡的房子里再也没有母亲应声而出……万紫胡思乱想起来。越想越急,越想越不放心,越想越内疚,她拿出手机想打母亲的视频电话,但是内心的委屈、寒心、不甘、郁闷、悲伤……这些东西被瞬间召集起来,一股无形的力量阻止她这么做。

她又变回那头受伤的小动物,蜷缩在自己的黑洞里,舔舐着滴血的伤口。

夜里,她做了一个梦,梦见大雨中,母亲在低矮昏暗的厨房里做饭,往泥灶里塞稻草,年轻的面孔在青烟中隐约。她身材丰腴,双脚灵巧地避开接漏的盆碗,熟练地沥干米汤,将米倒入锅中……忽然间风雨大作,青烟乱舞,母亲无助的脸皱纹密布,眼睛肿成一条缝,地动山摇中,她向万紫伸出了双手……贫穷烙下的心理阴影转化为梦,万紫无数次在梦里保护家人,拯救他们,她尤其不会让母亲受一丁点伤害。

就凭儿时的夏夜里躺在母亲的怀里乘凉,母亲一只手臂像上了发条一样不断地摇着蒲扇为她驱蚊降暑;就凭着她害怕走月光下的独木桥,母亲将她背起来走到对面;就凭母亲自己假装不饿为了让孩子们安心吃饱;就凭母亲把她生得这么健康,抚养长大……就凭这些,她就不应该生母亲的气,不应该把母亲逼到角落。

万紫被巨大的愧疚和担忧袭倒。挨到天亮时分,估摸着母亲已经醒来,急切地拨通电话,是万福接的。他说母亲在医院，半夜接上来的。万紫脑袋里嗡的一声炸了。

母亲从来不去医院，有点病痛都是熬过去的。

万紫想母亲真的是被自己气倒了。可怜她失去了一个儿子，紧接着又失去了丈夫，孤单一人度过了多么艰难的时刻，在悲伤中迅速老去，却没有人陪在身边。万紫的心被什么揪住了，她指责自己活到这个岁数，仍像年轻时一样冲动，不计后果，这跑来跑去的狼狈也是自讨的，她本应当陪母亲过完生日再离开。

万紫没有犹豫，即刻启程飞回小城。

赶到医院，母亲半躺在病床上，眼里湿漉漉的，见到万紫笑容满面，露出了嘴角的漂亮酒窝。

"孩子呀，你不生妈妈的气了吧？"母亲使用了从未有过的温柔和称谓，"妈妈老了，明年就八十了，老糊涂了呢，你莫怪妈妈。"母亲的脸眨眼间就瘦了一圈，剩下一巴掌大了。

"妈，是我不对，我遗传了爸爸的坏脾气。"万紫很想拥抱母亲，很想握住她关节粗大变形的手，但这种情感外露的表达，对万家的人来说都太不容易，"你哪里不舒服？现在感觉怎么样？"

"昨天晚上肠子绞痛，胃也绞痛，就好像被人抓住，拧干衣服一样，紧一把，松一把，痛得我哦，衣服都汗湿了几套。"母亲有点虚弱。她对肠胃痉挛的描述与比喻具有文学色彩,"……还有恶心、头晕,一晚上拉了十几回稀……医生说是食物中毒……现在好了,只是胃里面还有点发烧……你大哥半夜里非要用摩托车拉我来医院……我这辈子没住过院呢……这一下打破我的历史纪录了。"

"昨晚上吃了什么?"万紫对大哥心存感激。母亲这把年纪来一次食物中毒,太危险了,要是儿女都生活在千里之外,她必然会煎熬一夜,谁知道熬不熬得过去。

"开了一包新米,炒了一把白菜秧苗,还有你买回来的猪肉,就这些。"母亲觉得是白菜秧苗的问题。

"米给鸡吃,猪肉不要了,白菜秧苗全部扔掉。"万紫清理一切嫌疑食品。

母亲问她昨天去哪里了,"夜里等你回来,门都没关。"

万紫没有说自己回了北方。

"中午你姐姐送的南瓜小米粥。"母亲头一回显示她的幽默感,"要不是住院,我哪里吃得到这么好吃的东西。"

这时阿桂进了病房,讪讪地笑着,将亲自做的饭菜摆在床头柜上。

万紫闻到菌汤的味道。她明白自己忽略了一件事,在她远离故乡的岁月里,是阿桂他们在身边照看着父母。

天空飞过执念与虚妄的鸟。

斜辉映射窗前,将粉色三角梅濯洗得清新悦目。

夫妻店 × 短篇2

1

蒋看山天亮前拉起卷闸门，敞开炉盖换上新炭，叼根红梅烟在昏黄的灯泡下沉默和面，仿佛在执拗地搓揉自己的影子，他已经这样干足了两年。被通知厂内待业之后，离开了化工厂，双手和面粉纠缠了近千个日夜，每天精力耗尽，对于妻子林雪望夜里化身白面团，企图唤起他双手劳动的欲望视而不见，惹得她常发无名火。

蒋看山是个寡言的男人，包子、馒头、白糖、饺子的价格都写在纸牌上，有人询问就努嘴指向价目表。他在那窄小的包子铺里腾云驾雾，酒糟鼻在蒸汽缭绕中忽隐忽现。他很少直视别人，眼睛像两片不起眼的小沼泽镶嵌在黄土中，人们很难窥探到他的内心。他的生命迹象存在于一些小动作中，比如不时在污渍斑斑的白围兜上擦擦手收钱找钱，抓包子炸油条揉面粉；比如将嘴里的烟啜吸得明明灭灭。

人们知道蒋看山对这样的生活并非乐在其中，他被"厂内待业"一棍子打蒙了。年少时他也曾有梦想，尤其向往权势，羡慕权力的手指仿佛驯兽师手中的魔棒，群兽莫不顺从。然而活了四十年那根魔棒始终没有落在他的手里，他不过是群兽中的一只。正是这一点让他心灰意冷，最后连当一只小兽听从魔棒指挥的资格都被剥夺，回到原有的工作岗位倒成了新的梦想。尽管在岗时也诸多抱怨，三班倒，机器吵，空洞无聊，厂区里散发异味，里面禁止吸烟，烟瘾跟憋尿一样常令他坐立不安，但收入稳定，穿工装，住公寓，班车接送，天下太平。眼看新来的实习生从操作工到外副操到外主操一路上爬当班长，他仍在电仪岗位上经常一身原液和染料，心里也曾动荡，但这些都在怀念中美好起来。

像多数人一样，蒋看山对一些社会悲剧毫无知觉，他人的死亡不过是一堆毫无情感色彩的阿拉伯数字，唯有"厂内待业"这件事让他痛感真实，但越来越多"停薪留职"的人在街上晃荡，这道创可贴及时覆盖了他的伤口，结痂后留下不太刺眼的伤疤。不管黑猫白猫，捉到老鼠的就是好猫，全国发展市场经济解放生产力，铺天盖地鼓励个体经济。这并没有点燃蒋看山做大包子铺的野心——他懒得看报，也不是那种摩拳擦掌的人。

通过蒋看山的状态不妨武断地下一个结论：一个对性生

活丧失热情的人,其他欲望也是瘫痪的。他大部分时间像一只在窗台晒太阳的猫,淡漠地注视窗外与己无关的世界。要不是妻子热气腾腾的欲望推动,恐怕他连包子铺的门都不想开。他什么也不想干,但烟钱卡在林雪望手里,不得不按她的要求一遍遍搓揉面粉。

有一回,林雪望掐着烟钱要挟他夜里行丈夫职责,他勉强成事,早上不肯起床。林雪望明白她只能在丈夫的性与和面之间二选一,她也不能双倍支付,让他既性又和面,因为蒋看山的欲望就是一天两包烟,他不会一天一包或者一天四包。在这一点上蒋看山表现得像个精明的生意人。他不在乎林雪望的性欲,也不在乎包子铺的收入,一天四十支烟便是他人生的完美表征。

林雪望对面粉的热情从食品厂延续而来。丈夫待业之后她也被停薪留职,最初很难适应突然的变化,职业的本能导致她时常在睡梦中捏住丈夫的头发或耳朵或别的什么地方来回搓捏,好像鉴别面粉的粗细好劣,有时候嘴里还哼哼唧唧,这让蒋看山很不舒服。为了治好妻子的病症,让这个比他大三岁的女人夜里睡觉手脚安分,他表示理解她内心的面粉情结,就像他对电仪岗位的怀念。如果找一份与面粉有关的工作,她失落的心灵将会得到甜蜜的慰藉。

事情就是这样开端的,林雪望作为生意人的潜力瞬间被激发出来，她决定单干，并展现出雷厉风行的一面。经过三天的慎重考虑，再经过两个星期的资金筹备，她以惊人的果断打点好全部事务，用三轮车从食品厂里拖回面粉，摆好简易桌椅，双手叉腰站在小小的屋中央，这才意识到该给店铺取个好名字。蒋看山建议老老实实地就叫"雪望包子铺"或"林氏包子"，但妻子要让顾客从招牌上看出这是夫妻档，如果能透露出夫妻恩爱、感情和睦更是求之不得。她肯定家族生意比鳏夫寡妇那种天生一股肃杀的店铺更受人欢迎，因此要将夫妻二人的名字混在一起揉来搓去，暗示你中有我我中有你，也借机向丈夫亲昵示好。蒋看山既不附和也不反对，给妻子充分表演的空间——如果这能够抵免一点床笫债务的话。他早就注意到她下岗后体重未减反增，第三层下巴若隐若现，脖子上四五圈深浅不一的年轮像肉色文身。她的头发仍然是猪鬃似的又多又硬，染过似的黑得离谱，再过几年她就会对着镜子拔扯第一根白发，最后向层出不穷的白发妥协。

蒋看山想的是，只要能解决妻子晚上拿他搓捏的职业病，就算她把店名取成一条狗他也无所谓。他甚至让妻子把她的姓放在前头。林雪望却说她是蒋家的人，创的是蒋家的业，好像这个还没开始的包子铺明天就会显赫。

就外貌而言，林雪望肯定不是那种能激起男人肉欲的女人，面如满月但过于扁薄，脸上的肉偏横长，毛孔粗大，高潮时一副暴毙的样子。结婚二十年几乎没分开过，蒋看山关上灯仍能在漆黑中将这副表情看得一清二楚，就好像他在一遍遍杀妻，心里有股莫名的压力。林雪望在包子铺面对顾客时，仁慈的母猪眼挤成两片打横的括弧，有时还会变成约等于号呈水波状——她的眼袋随着年龄的增长愈发明显，在表情变化上起一些辅助作用。林雪望的野心正是蕴藏在这两片括弧或约等于号中，她一手将"蒋林包子铺"变成"蒋林饭店"，用一方精雕镂刻的镶金牌匾取代那块油漆刷写的旧木板。

蒋看山心底深处有着别人摸不着的忧伤与绝望——连孩子都没有为谁忙活？赚钱有什么意义？放眼四望，那些劳碌奔波的哪一个不是为了子女？他不可能跟妻子说这个，他知道她也难受，这也是她性欲勃发的一个原因——她渴望逮住一切受孕的机会。她怀疑多次自然流产可能是蒋家祖坟的风水问题，于是请了法师移了墓址。她的确没再流产，因为她没再怀孕。她也怀疑他在化工厂工作影响了精子的质量。他们最终继续过着相同的日子，想过领养又总是不那么心甘情愿——只要林雪望还会排卵，青山还在有柴烧，就没到领养孩子的地步。

他们看过专科医生，得到的处方除了"大干快上"没有别的。蒋看山不听医生的，或者是心有余而力不足，勉强在排卵期行个房，甚至都不管林雪望是否"暴毙"就将被子在身侧压实与妻子隔开防范，像个高僧一样仰面朝天双手搁在胸口呼吸均匀。

有些女人喜欢把好罐子破罐子摔给自己的男人看，但林雪望是个懂得将夜晚与白天分开的人。她从未有过一丝赌气放弃包子铺的念头，相反更加用心。别人都在搞歪门邪道欺客牟利，她还是严格参照厂里的食品卫生规则，讲职业道德，看重诚信。她从不在面粉里掺假，不用地沟油，不在包子里加纸浆冒充肉馅，不贪欺骗顾客节省成本的小便宜。她看得清生意形势，但在婚姻当中就有点迷糊不清，钻进笼子里就没想过出去，对蒋看山一手硬一手软且充满嫁鸡随鸡嫁狗随狗的习惯。

林雪望属于那种认得清自己但不一定认得清别人的女人，知道自己其貌不扬但并不自惭形秽。她家境不错，在成长中精神上打下了骄傲的底子，蒋看山在她父亲有地位时被她的情书打动，被她织的毛衣暖化——当然这事谁也说不准，也许他真的为林雪望当时的青春与骄傲倾倒。那会儿她的脸没这么圆没这么扁，天然慈祥的母猪眼不时扑闪出羞涩，在生机勃勃的青春关照下没有哪个姑娘是难看的。那时候他算得上玉树临风，酒糟鼻没这么红，精神没这么垮，也会逗她笑。

这是二十世纪九十年代初期，市场经济的打开丢出了更多的可能性，无论如何，林雪望在熙熙攘攘中糊里糊涂地抓住了一样东西——商机。也许这样说抹杀了林雪望的智商与头脑，也许她那颗扁薄脑袋里隐藏着饱满的商业天赋。包子铺的启动资金部分来自银行，那会儿敢向银行贷款证明她的盘算与勇气，一个精明生意人的头脑初露端倪。

2

蒋看山和林雪望祖辈生活的这座小城唯一配得上笔墨描述的景色，是那条将城区劈成两半的资江，它造就了两岸水景住宅，河流本身随气候变化肥瘦多变、真幻交织，或一片白雾茫茫，或一河波光粼粼，水色时清时浊。船舶漂浮往来，偶有汽笛声打破静寂。两岸河堤春有花开冬有雪，垂柳成排、鸟雀扎堆，炊烟在瓦屋顶飘起，零星的菜畦带着乡村野趣，开着黄花白花，结着红果绿果。这时的小城还没有房地产开发，多数房屋暗淡破败，再过些年推土机将会夷平它们，大玻璃窗的尖顶高楼会从地里长出来，同时长出来的还有灾难与悲剧，像菜地里长草一般不可避免。

城市宣传总喜欢追溯历史，比如说根据文献记载和出土文物证明，早在新石器时代晚期就有人在这里繁衍生息，什么三国鼎立时关羽在此屯兵，洪秀全率太平军转战此地，诸如此类借以激发民族自豪感削弱现实矛盾——但那些未免太过遥远模糊。人们对三代以前的祖先是如何生活尚不关心，五十年前的前辈过的什么日子也懒得过问，甚至对父辈的历史也没兴趣，人们连昨天发生的事也记不住，在市场"猫论"激励下忙着逮那些跑起来作铜钱响的金老鼠。那远古的文化渊源要是像一只鸡蛋一样具体实惠，也许会有人排队领取。

宣传归宣传，生活归生活，水与油虽在同一个容器中但并不真正相融，没存折的追逐存折，有存折的专注于扩大存折上的阿拉伯数字，像林雪望那样在夜深人静时摸出存折仔细地阅读每一笔进账并若有所思。在那止不住春雨绵绵秋雨沥沥易犯妇科病的季节里，人们感受着甜蜜与艰辛并存的生活，抱怨夏天的暴晒干旱与冬天的湿冷阴寒。赚到钱的率先装修房子安好了空调，敲下木格窗换成现代玻璃窗抵挡无孔不入的呼啸寒风，日子从这种细节中改变，慢慢舒适起来。林雪望便是最早改变家居的那一拨，铺木地板，装抽水马桶，用西式家具，连原来堆放杂物的小阁楼也收拾得干干净净。不久后的小鸟将每天从这扇窗户里看河水东流，数来往船只，目送它们渐渐小如蝼蚁消失在茫茫天际，而河风一遍遍撩动柳枝，挑沙工肩上的扁担一弯一闪。

夸大现实的残酷往往是粉饰个人的
懦弱与利益的考量。

3

包子铺的蒸汽正袅袅上升时,一辆满身泥泞的中巴车在鹅卵石公路上像嚼豌豆般嘎嘣嘎嘣前进,速度慢得仿佛原地摇晃。车里坐着一个满脸污渍的姑娘,一动不动元神出窍,同时显现脏污、疲惫、营养不良的特征。肥胖的售票员用同情的眼神刷洗这个味道不妙的活物,失去一向见多识广的傲慢而流露出猜疑与困惑。

车到达铺满鹅卵石的汽车站,挑扁担箩筐背纤维袋子的乘客进进出出。肥胖的售票员将姑娘赶下了车,朝她的背影嚷道:"去吧,随便去哪个馆子,趁他们将剩饭剩菜倒进潲水桶之前吃顿饱的。"坐车太久的姑娘两腿麻木,下车就摔了一跤,撞到一只烂箩筐,竹篾片剐到额头,红色的液体像汗珠子一样渗出来。

这时蒋看山已经蒸下最后一笼包子收拾案板,林雪望将硬币与零钞分开。硬币十个一摞,零钞按面值归类。脏污的钱散发出一股酸臭味,一想到它们像涓涓细流绕经千山万水最终纷纷流到自己的手中,那种最初令人作呕的钱臭味如今早已让林雪望心旷神怡。橡皮筋捆扎好的纸钞整整齐齐地躺在纸箱里，硬币呈柱形站立。每个月的最后一天下午她雷打不动去银行将它们转换成数字，当天晚上邀请丈夫一起阅读并再次展望未来。做丈夫的不知道出于什么反应，偶尔会陪她玩一下"暴毙"的游戏，但也屈指可数。林雪望也偶尔用她的爪子和拳头弄得蒋看山身上五颜六色——她天然慈祥的眼里因为性事的缺失积郁着暴力与焦躁，但多数时候她控制得很好，并且从不将卧室的情绪带到包子铺。她现在还没有意识到，上帝将安排一只羽毛暗淡、饥饿疲惫的鸟儿落在她的面前。

想象姑娘——像一只头发乱七八糟浑身肮脏的鸟儿，顺着街墙挪动，毫无目的却准确地朝向蒋林包子铺前进。街上行驶的汽车冷漠无情，甩下一缕废气，溅起一坑污水，速度不会有丝毫减缓。姑娘耳边尽是像烧红的铁块放进冷水中"嗞——嗞"一闪而过的声响，轮胎摩擦沥青路面仿佛杀猪刀劐在大沙石上"嚓——嚓"，在汽车来往吱嚓声不断的街头，她感觉晕头转向。

4

这时正值春末时分，冷空气忽然南下笼罩着已经盛开的桃花，冰冷的毛毛雨像雾气随风飘荡，到午时天已转晴。包子铺卖完最后一笼包子结束上午的工作准备打烊，林雪望看到一个姑娘像受伤的鸟跌落在店门口，手臂如翅膀耷拉在身侧，吃了一惊。她本想关门离开，但卷闸门拉到一半改变了主意。

一开始林雪望心里既没有特别高尚，也不是特别邪恶，一个姑娘饿晕在自己店门口，自己只是本能地想让她填饱肚子，接下来又觉得她应该洗个澡，换身干净衣服，事情就是这样一步步发展的。将姑娘长到屁股的辫子散开梳顺，花了她蒸十笼包子的时间。经过清洗与护发素的浸润，发丝变得漆黑，柔软光滑，攥在手里仿佛一把蚕丝若有若无，林雪望便对这头发生出一股不舍的情感。她从来不羡慕那些好看的身材、乳房及脸蛋，但她总是梦想能有这样的一头黑发，即便是人到中年她仍清晰地摸到这一情结。她不禁感慨，如此高贵美丽的发丝，竟然长在一个流浪低能的哑女头上。

林雪望像盲人般摸索着这不属于自己的秀发，慢慢将它们编成一只松松的四股辫。哑女的手肘搁在林雪望的大腿上，她猛然觉得这姑娘像自己未曾出世的女儿，在她那些未能保住的胚胎中某一个就长成了这样。这情愫一旦萌芽就瞬间放大，以至于她的眼里不觉充满泪水，将哑女紧紧拥抱在怀。

再过一阵,蒋看山将会看见一具陌生娇小的躯体套着他妻子的衣服坐在椅子上,手心捧着一颗乳白色的鹅卵石,衣袖长短合适,除了略显宽大之外还算得体合身,大辫子像一根长藤从后肩绕到前胸,眼睛漆黑明亮但相当淡漠。这情景将会打乱蒋看山的心跳节奏,在踩空两个节拍之后才回到正摆。他这会儿正在公园下象棋或者看人下象棋,反正他做完分内的事每天都要去这样消遣,有时整个下午都泡在那里,直到晚饭时节才慢腾腾走回家。他的个头在那些无所事事或忙里偷闲的人群中十分显眼。他的头发还是三七分,这让人觉得他是那种害怕变化的人,即便此时的头发比年轻时稀薄柔软,但一洗完就自然从那条线分开,就像他本人一样固执。他脸上已经出现中年人普遍存在的浮肿,也同样有股不知什么时候形成的浊气,像老年人身上的老年味一样特别明显。不过他自己并不知道,他甚至不知道岁月怎么改变了他的容貌,因为他不照镜子,也无须定期剃须——他压根儿就没长那烦人的东西。若要剪发,进固定的理发店往椅子上一坐就闭上眼睛,固定的理发师就会完成他要的一切,但他并不禁止理发师说点过去的事情或者街坊的嫁娶,他有时闷嘴嗯一声。

理发师是个上了年纪的老罗锅,早些年第一次给蒋看山理了个三七分之后,就永远地留住了这个顾客。在别的理发店纷纷招聘露乳沟的洗头姑娘，或在洗头暗室里提供特别的按摩服务之时，老罗锅依然靠他的剪刀与一把老式铁质旋转椅接待熟客。那种椅子一看就知道是以前国营理发店专有的，斑驳的黑皮面布满灰白裂缝，椅子可调高降低，靠背还可以打斜便于剃面刮须。上老罗锅这里理发的男人成为本分老实的标志，蒋看山就是这些人中的一个，而那些后脑勺抵住洗头姑娘前胸享受干洗加头部按摩的男人自然要承受猜疑的目光——当然，没准蒋看山也偷偷去尝试过一两回，但这事没人敢乱嚼舌头。这要传到林雪望耳里挨撕找骂的绝不会是她的丈夫，这点街坊邻居都很了解。凡是对蒋看山不利的消息她一概要骂回去，她很懂得维护自己的男人就是维护自己。

要说以前蒋看山凭自己挺拔的身体、三七分发型以及恰到好处的话语让林雪望倾心，那么现在他除了发型照旧三七分以外其他东西都走了样——当然更走样的是林雪望，各种忧虑使她原本粗糙的头发更加枯槁焦脆，她奋斗的野心张开血盆大口吞咽生活的琐碎，连嚼都懒得嚼一下。虽说蒋看山趁妻子收拾店铺打扫灶台之时自己在公园里玩得逍遥自在，他不过是她手上的风筝，线头在她手里捏着，她想放多高就放多高，想收多紧就收多紧，她早就博得了贤惠能干的美名，占领了道德的制高点。她的家庭要有点什么变故，口水都是要喷向蒋看山的，这一点夫妻二人心知肚明。

碍于街坊邻居和亲朋好友对生儿育女的过度关注，蒋看山违心地宣布他们当丁克家庭，林雪望也默契地以包子铺的繁忙佐证选择丁克的客观原因。这使得他们后来忽然高调宣布怀孕时，为这些言不由衷的谎言多费了不少口舌，好在谁都明白漫漫长夜中的一段交媾总是蕴含着某类意外。

说到这里，是时候让蒋看山回家看到那具陌生娇小的躯体套着他妻子的衣服坐在椅子上了，所以半路上遇到几个斗地主的，蒋看山只瞄了一眼谁是地主就慢悠悠踱步回家了。现如今早就没有什么能加快他的脚步，这就是小城的节奏，只是林雪望蹦跶在这种节奏外他管不着。

他仰望天空，天空没什么值得描述的，下午时隐时现的太阳像被逼无奈，显示其心胸并未真正开朗，甚至还含着冤屈。槐树的新叶比前一阵更多更密，到五月这条街上就会飘荡槐花的香气，之后花落成泥，到秋天的时候，槐树籽落在街上像鸟屎一样狼藉。蒋看山这会儿还不知道他的生活即将走向神秘与冒险，这个长年昏昏欲睡的男人睁开了眼睛，看见了自己内心一种比青春期更躁动的东西，而激活这种东西的正是林雪望——是林雪望喂饱一只饥饿的小鸟，并给它铺上温暖棉被的善心。但这样说还不到位，应是林雪望喂饱一只饥饿的小鸟，并给它铺上温暖棉被的善心导致的结果——

这样表达可能也过于暧昧，干脆直截了当地说吧——是那具在宽大衣服里头陌生娇小的躯体。啊，也许这样提前剧透会减弱故事的冲击力，毕竟距离发生实质性的改变还需要一段时间，而在这段时间里关于这对夫妻也有不少值得仔细描摹揣测的情感波动，他们心理的转变过程应该是最微妙的部分。

5

"来客了啊？"蒋看山心脏停摆两拍之后，漫不经心地说了一句，然后就抛下妻子和那个呆板的活物去了厨房，双手放在哗哗流淌的水龙头下冲洗，接着传出一阵乒乓开柜拿碗的声响。他挺了挺因为过于无所谓的心态而略带前倾的双肩与脊背，摆好碗筷。吃饭时他才知道这个呆板的活物是个缺少反应的哑巴，他的肩膀又松弛下来，表现出认真吃饭的样子。然而这顿饭他没有吃出辣椒炒肉的滋味，也没有发现妻子忘了给蒸水蛋放盐。

蒋看山知道妻子想留下这个哑女，心里有喜悦，但相反表现出更加无所谓的态度，听林雪望像是要说服他一样不断地说一些正面积极的话。最后她说先收留，看看有没有寻人启事之类的，说不定姑娘出身书香门第，她的家人会付一笔不错的赏金——当然这不是"蒋林包子铺"做善举的出发点，倘若有报酬他们也是受之无愧——总之，如无意外他们将把她当作女儿永远留下来。妻子的最后一句话让蒋看山哪里被烫了一下，某处微微一紧，但随即恢复横竖都行的淡然，却在心里揣测这个哑女的实际年纪。

眼看身材娇小的她，胸脯日益显山露水，面部带着婴儿肥，额头鼓鼓的，单眼皮吊梢眼，嘴唇浑厚多肉像刚开的花朵花瓣外翻，肤色透着健康的黝黑，像一只青红相间的苹果搏斗在成熟与生涩之间，眼里一张白纸，没有爱恨情仇，不沾人间世故。头发即便编成了辫子仍然能感觉到发质的纤柔顺滑，像一缕缕袅袅上升的蒸雾缠来绕去幻化出一片迷离——迷离中浮现一双少年的眼睛，一条粗黑的辫子在少年的瞳孔里渐渐放大推近——这是少年蒋看山。辫子慢慢退后显现课桌前排的身影，这条发辫静伏在的确良衬衣映出胸罩轮廓的后背，它的主人是个肩膀圆圆、脖颈细嫩、耳垂粉红、笑起来犬齿微露的姑娘，她像是被艳阳直射，皮肤反光通体透明得不像凡人的物种——这类女孩往往是所有男孩暗恋的对象。蒋看山永远不会忘记她的名字——张繁夜。

那时所有女生名字无不来自梅兰菊莲这类花草植物以及具有政治色彩的字眼，只有这个名字充满自然想象。当时的蒋看山每天晚上望着夜空想着这姑娘,想抚摸她的辫子,后来的很多年里,有些黑夜他会无缘无故地想起这姑娘和她的辫子,他对这个姑娘以及辫子的情感成了他永远的忧伤与秘密。张繁夜在蒋看山脑海里植下的阴影或明媚,也许连后者自己也没意识到对他的婚姻生活所产生的无形影响。不如现在小径分岔对张繁夜的事情多说几句,虽然她短暂的一生足够写一本书。

张繁夜是个犟性子,拒绝下乡当知青,不相信到广阔农村去大有作为。她的父母与她划清了界限,有一段时间她卖血为生。这些都是后来蒋看山在自己下乡的地方听到的。一想到他心中熠熠闪光的张繁夜像块烂瓦片被扔进垃圾堆,有那么几回他体内热血冲撞,但是理想主义加英雄主义加荷尔蒙涌动也敌不过现实的小指头——这么总结也不全对,夸大现实的残酷往往是粉饰个人的懦弱与利益的考量——他最后听到她的消息时她已经死了三个月,离十九岁还差一天,据说她身上绑着石头走到河里去了。他知道她是被一路推到那儿的,在那些推她的力量当中,作为唯一被允许摸过她长发的人,他仿佛也在毁灭她的途中搭上了一只手——很多年以后他常被后悔噬咬,愧对那被张繁夜点亮的青春。这些他从没对林雪望说过,灵魂一向不太参与他们的夫妻关系,他也没说几年后他去了张繁夜的墓地。她葬在她祖父的农田里,在一个长满荒草的土堆里对他的到来报以沉默。

没人知道蒋看山见到小鸟的第一眼到底是怎么想的,至少他没有以经济条件和家居面积为由反对收留哑女。不过在他的生命中他反对过的东西寥寥无几屈指可数,这件事情就像众多普通事件中的一桩,并没有怪异之处。他需要做的仅仅是听妻子吩咐,移走存放在阁楼落满尘灰的废品,清理地面围墙,擦干净阁楼临河那扇窗户的灰尘以及窗台外的鸟屎。在此之前这扇窗从来没有打开过,因为气候潮湿河风会加剧屋内的木头变质。他从不曾探出脑袋看一看大江优美东流,惊讶于他们的蜗居还有这等景色。他不知道这种阁楼的用意,也许是用来饲养鸽子,也许用来堆放杂物,也许为了保存秘密——他在成长期也未对此地表现好奇,直到林雪望将它开发加以利用。

推开小窗轻风扑面,涌动着春暖花开和奔向野外的欲望——虽说探究这欲望是主动或被动可以说明某些问题,但显然无从考究。也许主动和被动是同一刻发生的,春风与蒋看山的心跳节拍合一,内心像一片叶芽忽然绽开。此时的闭目深呼吸,对于一个揉面粉做包子的男人来说过于做作,他只是尽力探出脑袋看一看到底能望多远。于是他看到了江边山崖树林掩映中的白色亭阁,很多年前他曾和张繁夜走过两百级台阶,登上亭阁眺望江景。

林雪望要是知道这些肯定不会放开阁楼，使他有机会远望多年前的那种时光。她只要他记住在紫藤花盛开的地方那一瞬间的惊心动魄，蒋看山的荷尔蒙战胜了被抓捕的危险拥抱并亲吻了她，她当时以为那样就会怀孕，胆战心惊。凭蒋看山这一冒险行为，林雪望相信他爱她，如果说靠这一点便能撑起她的婚姻信念也不会有错，或许也不存在信念问题。每个人都是西西弗斯日复一日推石头上山，但并不是每一个人都意识到了这一点。当林雪望产生那个想法时，读者会发现她的母性在主导一切。她与蒋看山心里隐藏着同样的伤感秘密，都不想让对方知道，彼此都没有意识到那秘密像野草覆盖的沼泽，随着气候、地表运动愈来愈深入等外部条件的变化愈来愈具危险性。这沼泽表面散发着芳草的气息，不但诱陷他人也吞噬自己。

6

在林雪望的照顾下，那只羽毛脏乱气息奄奄的小鸟变得毛色润泽双眼明亮，虽然没有叽叽喳喳的谈话，没有欢快自在的鸣叫，但那种蓬勃的健壮像另一种语言表达着生命的愉悦。这只全新的小鸟多半陷入沉思，乳白色的鹅卵石像羊脂玉一样细腻圆润，没有人知道她在等待石头里孵出小鸟。

林雪望将鹅卵石理解为女孩的芭比娃娃，想起她自己的童年，父亲给她买的小木马，扬起五颜六色的鬃毛风驰电掣威风凛凛——谁能阻挡一个骄傲的小女孩天马行空。她过去一直狂想着将自己受过的娇宠给予自己的孩子，最好是个女孩，这样她就可以从女儿身上看到她正经历着自己的幸福，延续她的生命，实现她未能实现的理想——可是就连这样普通的愿望都落不到实处，她便像一粒灰尘浮在空中。没有故乡失去父母的人确实漂泊无依，但膝下无子希望渺茫的人才是真正的无根之萍啊。某个雪粒在屋瓦上蹦蹦跳跳的夜晚，数完存折之后，她忽然感觉到内心沉甸甸的，像肿瘤一样坚硬明显，一触碰就会疼。有一瞬间她理解了丈夫拖着脚后跟走路的散漫怠惰，明白她这样忙碌无非是散漫怠惰的另一面，借以抵抗或充实那一片空虚，她和丈夫在这件事上的表现其实是殊途同归。

看到已经容光焕发的小鸟，想着她孤独疲惫蜷缩在地的情景，林雪望无法不被自己的仁慈打动，那种想给予关爱与娇宠的愿望似乎得到了某种满足——原来母性也是饥渴的。她父亲留下来的书装在纸箱里，堆在阁楼一角。林雪望对旧书兴趣不大，她保留它们只是出于利益考量，相信有些东西随着时间流逝会成增值古董。就像黄花梨突然金贵，海南农家盛放粗简食粮的黄花梨饭桌价值百万，黄花梨锅盖，连同木头手柄的锅铲，统统被扫荡一空，一沓沓现金让农民们乐昏了头，而这些东西运出去将翻价千百倍。

这些书成了小鸟的消遣。她每天拿本书坐在地上背靠床沿，看上去像是在阅读，也像是打瞌睡，只有当她手指头翻动书页时，才能确信她是醒着的。林雪望注意到她手中的书不停更换，有时一天换一本，有时一本书要连看好几天，她总是面无表情。至于她是否真的看得懂书，林雪望毫无把握，对她的身世更是感到困惑，猜想她也许和自己一样虎落平阳，这个可能性令她对这孩子倍感亲近。先前为她花钱还略有顾忌，原本为她推开一条门缝，慢慢地门越推越宽，最后就彻底敞开了。她给小鸟梳头扎辫子买衣服，将阁楼收拾得干干净净，带她去动物园看猴子去河边坐船吃鱼。这温顺的女孩很快成为林雪望日常劳累之余的巨大慰藉，她感到充实，心里常怀一种莫名的喜悦，浮萍的根正慢慢探向泥底，不觉就扎下根来。

7

有天下午风和日丽，林雪望带小鸟搭公交车到江对岸的鹅羊池逛街。对生活在这座城市的人来说，鹅羊池仿佛圣地，只因为一条迅速发展的服装街。这条街狭窄拥挤，到处是烂窟窿，像根猪大肠曲曲折折藏污纳垢，然而，正是这条名不见经传的穷破街改变了人们的生活方式。服装街兴起之后，裁缝的生意就垮掉了，乡下姑娘找裁缝师傅拜师学艺的风俗也随之衰落。在这里有一爿店面是赚钱的象征，来这儿逛街也是有品位值得炫耀的。全市最早闻到钱味、最早发迹的个体户都挤在这里，他们从发达地区批发服装、鞋帽、袜子、手袋，学香港生意人肚子上捆个小腰包神气活现，在与顾客的唇枪舌剑、软磨硬泡中将商品变为现金。越来越多的人有了存折，存折上的数字越滚越大。

这条街悄然带动了别的行业，炒干货的，卖鸭脖子的，补鞋子的，看相算命的，纷纷看中这里的商机，在这个店铺与那个店铺之间见缝插针，搭棚支帘，添砖加瓦，像石隙中的小草扎下根便顽强地生长出来。街上轻烟与香气弥漫飘荡，晴天尘土飞，下雨泥浆黑，吆喝喧闹直至日暮将息。几百年前这里是饲牧鹅羊的场所，如今变成了两条腿走路的高级动物，照旧熙熙攘攘。池子是个湖，萎缩后只剩半个足球场那么大。夏天荷叶满池、荷花婷婷，青蛙呱呱叫。钓鱼的，下棋的，约会的，打太极的，卖狗皮膏药的，炒板栗瓜子的，煮玉米棒子的，做棉花糖的，干什么的都有。

从街头逛到街尾,看衣试衣讨价还价,眨眼就到了日头西沉的时刻。林雪望和小鸟双手拎着战利品,里头有蒋看山的夹克、林雪望的衬衣,但多半东西都是小鸟的,裙子裤子鞋子从头到脚由里到外一样不少。林雪望心情和丽阳合拍,完全不管那个卖衣服的女老板摸着小鸟的长辫子口吐莲花睁眼说瞎话:"闺女真好看呀,就像一个模子里刻出来的,将来享不尽的女儿福。"

多年来林雪望总会有虎落平阳遭犬欺的不平与屈辱,假如没有那场突如其来的灾难,由骑木马的富贵童年延伸而来的,必然是华丽的青年时代以及截然不同的婚姻生活。当她躺在食品厂的面粉袋上面向邱主任,与其说是为了得到应有尽有的面粉,不如说是获得性欲亏欠的满足,邱主任替蒋看山尽了丈夫对一个妻子该尽的义务。邱主任觉得这女人脖子以上没意思,满脸横肉毛孔粗糙,但脖子以下大不一样,像剥掉香蕉皮那样剥掉她的衣服,里面称得上性感细腻。她身体的细腻与脸部的粗糙,几乎象征着童年娇宠优越和家境变故沦落之后的两种生活,她是这两种生活的结合体。

邱主任的赞美增强了林雪望的自信与情欲,她通过丈夫以外的男人明白了性的真乐趣,从带着羞耻的高潮到翱翔的快感,中间只隔一张脸皮。当然后来两人对这件事的兴趣日渐稀薄无疾而终。邱主任的老婆常到包子铺来买早点,这个面容骄傲的女人对于包子与丈夫的秘密浑然不知。他们有个让人头疼的儿子，二十岁了不干正事，叼根牙签总想掀掀地摊砸砸店铺放倒看不顺眼的人——但在林雪望这里吃东西倒是客客气气，这大概是和邱主任睡觉衍生的福利，他们算是由性关系联系起来的另一类亲戚。

林雪望知道周围还有很多这样的秘密，她或多或少听闻过一些，更多的是像她与邱主任这样做到滴水不漏。她甚至怀疑过蒋看山到公园去下棋打牌是假的，但她没有发现蒋看山任何不忠的蛛丝马迹，心里既欣慰又失望。又想到他性欲低下，也许是下乡那几年在穷山沟里落下了毛病，人到中年问题突显出来，补肾的土单方一个接一个，唯独没想过精神因素——这城里有多少夫妻有多少婚姻需要灵魂与精神的参与可想而知。

8

小鸟吃饭制造的热闹打破了林雪望夫妇饭桌上膝下无子的清冷。食物撑得她腮帮子鼓鼓的，喝汤喝得嚯嚯响，一碗接一碗，仿佛正是由于这样大快朵颐的健康胃口，她迅速膨胀，鼓鼓囊囊的地方如种子破土，将衣裙撑出显著弧度，弄出扇形褶子。这个长辫子吊梢眼嘴唇丰满皮肤黝黑雌味十足的姑娘，掖不住的青春在屋子里膨胀。她还不知道自己人生的某个灾难即将到来，依旧在餐桌边吃得稀里哗啦作响。

等到入秋第一批冷雨降下，槐树叶转向青黄，小鸟的月事停了。某种不祥的预感让林雪望心脏一阵狂蹦。等了两周还是没来，心脏又是一阵乱颤。林雪望终于受不了这令人窒息的不祥重压，以自己的名义去医院看病，用小鸟的尿液做样检。在等待化验结果的那几十分钟里，她的思维凝固成一个透明且微微颤动的水果冻。她的手被小鸟抓住，在铺着灰绿麻点地板砖的狭窄走廊上走动，后者迷茫的目光扫过墙壁上密密麻麻的宣传栏，她们来到后院。院里唯一的风景是一棵两三层楼高的老松，树底下是一片癞头草地。一只脏猫半藏在树干后做出随时逃窜的姿势，她脑海里仍然是一片果冻状。秋风拂面。林雪望想起过去做孕检的那几回，都是蒋看山陪着。这个头发三七分的男人死死地攥着她的手直到两人的手都汗津津的，擦干后又攥紧在一起。后面几回他也陪着，但他的手攥得一次比一次松，最后干脆以抽烟为由在院外等她。他似乎还说过，这事都轻车熟路了，还非要他陪着，这是搞形式主义，形式主义是最没意思的。她好像反问了他婚礼算不算形式主义之类的话，她忘记了他是怎么回答的。

这时小鸟将鹅卵石放进林雪望的手中。林雪望搓搓石头，看看小鸟。她就像一只小鸟，一只小猫，一只没有任何攻击性的小动物，对人间事物有种天然的隔膜。林雪望摸了摸小鸟的辫子，过去几个月以来，她对这头发的喜爱有增无减。她叹出一口长气，将鹅卵石还给小鸟，挽着她的肩膀原路返回。到检测窗口，她的心脏又一阵不可遏止地狂蹦乱跳。那些化验单被刺穿固定在一根长钉上，像血淋淋的判决。在那一沓结果中她找到了属于自己的那片纸张——不，是属于小鸟的坏消息，属于小鸟的不幸，她很快意识到这也是她的不幸。如果说预感像茧蛹裹得她透不过气，现在这茧蛹已经化蝶，事实轻飘飘地飞了出来，在她的额头上方翩翩起舞。这时她已经没有震惊和惶恐，仿佛先前所有的精力全部耗尽，她已经拿不出一丝力气来为这个确凿的事实捶胸顿足。

回家的路上林雪望几乎把小鸟忘了——后者紧挨着她以同样缓慢的速度行走——她一直在想蒋看山，和他结婚这么些年，她从没发现他有一点品行不端的迹象，除了生活懒散什么都提不起劲，他品行上没有任何瑕疵，甚至还谈得上高尚。街坊有什么矛盾都愿意找他去调解，而他在这方面的表现算得上天才，思维清晰逻辑超强，说起理来一套一套，让人心服口服，就像他下象棋时一步一步密不透风，要攻下他很不容易。人们还喜欢听他论棋，分析棋局总结总验。他不讲荤话，不跟女人嘻嘻哈哈，他那双淡漠的眼睛根本不会对这些雌性动物做不必要的打量。任谁来说他都是那种名副其实的正人君子，没有什么不检点的地方。

　　为什么会一下子想到自己的丈夫而不是别的可能？在毫无证据的情况下，第一时间将这件坏事与自己品行端正的丈夫挂钩，这让林雪望自己也吃了一惊。在整理思维的过程中她发现自己并非无条件信任蒋看山，她有过顾虑与担忧的星火，但迸出来即在空中熄灭。它们从没有点燃过周围的什么东西引起她的重视，她认为那只能算是女人最本能的荒唐的情感反应。她不可能想到将一个姑娘留在家里，就像一个特殊气味的诱饵有可能引出藏在深渊的怪物，甚至应该为自己那种对丈夫不必要的担忧与猜疑感到羞耻。他们是互相尊重的夫妻，在过去的婚姻生活中没出过任何岔子——除了她与邱主任在面粉袋上的数次劳作——她那也是为了家族事业，为了包子铺轰隆隆的车轮滚滚向前。

　　想到这里，林雪望一只手压在胸口好像避免风吹开那里的秘密，离家越近她越感到不知所措。假设真的是蒋看山干的，她是该倒地大哭，还是扑上去撕他？哭完撕完怎么办？林雪望转过脸看着曾经救下的那只可怜小鸟，她根本不知道自己大难临头。

左思右想，困扰林雪望的其实不过是一种预感被印证般的恍然大悟。过去有几回她似乎察觉到一点蛛丝马迹，或者是蒋看山表现异样，比如夜里他睡眠不深，轻轻地辗转反侧伴随着不太均匀的呼吸，这在以前是不曾有过的。以前他也起夜，但后来起夜的时间变得更长。他说是便秘，她没有过多关心，因为在白天的忙碌过后她困得要命。现在她将丈夫那些不规则的起夜与小鸟联系起来，不觉心事又重了几分。

她还想到有一回她骑三轮车出去买面粉——这本该是男人干的，但从一开始她没让蒋看山去过食品厂，他一直没染指过这件事，后来就自然成了她包揽的职责——因为面粉缺货她空车回家，所以没像往常一样在楼下扯着嗓子喊蒋看山下来帮忙，她进客厅时蒋看山摇着蒲扇满头大汗从上阁楼的楼梯口冒出来，嘴里说着天气热得快要中暑了，脚上的人字拖左右脚是反的，白汗衫歪扯到一边，三七分也乱了。现在她将这些与口袋里的化验单联系起来，感觉两腿发软再也迈不出一步。

林雪望从没有像现在这么害怕回到那个熟悉的家。过去二十年家就像指南针，不管她去哪里指针都指向那个温暖的地方。现在她很怕面对蒋看山，很怕她这一路的幻想都是真的。她怕回家，好像闯祸的是她而不是别人——真要算起来，自己可不就是罪魁祸首吗？如果那是真的，总说引狼入室的人们这下子该要说引入狼室了。她现在连蒋看山的样子都不敢去想,他那张脸会是怎么扭曲。当他在阁楼上压住一个发不出声音的姑娘,他怎样弄乱她那细心喂养的小鸟光滑丰满的羽毛,他又是怎样在她的面前管控他的心脏无所畏惧地跳动,怎样梳着他三七分的头发若无其事地在公园里下棋观牌。

9

晚饭后拾掇完毕,在那台方头方脑象征生活时髦的彩色电视机播放广告音乐时,林雪望将医院化验单放在与电视机同时购买的朱红茶几上。茶几和朱红色电视柜是配套的——她凡事喜欢配套,比如饺子要配醋,丝瓜要配姜,黑皮鞋要配白袜子,还有哪件衣服配哪条裤子,哪条围巾配哪件衣服,甚至一个枕头套脏了便更换整个四件套。其他还有窗帘和沙发配套,地板和墙壁配套,阁楼和小鸟配套。她不能忍受所有不谐调的地方。

眼下最不配套的是小鸟与她的怀孕。但林雪望指出的是蒋看山身上的家居套装不配套,上身红色大方格,下身却是蓝色条纹裤,她对他将套装打乱来穿的随意感到恼火。她质问他不拿她的话当回事，她说过很多遍了，是成套的就穿一套，这样胡乱搭配，所有的秩序都打乱了。这让她很不舒服，让她无所适从，她感到一切混乱找不到头绪。她还举例说如果开车的不看红绿灯开车，走路的不看红绿灯走路，马路上会变成死路，谁都动不了。她情绪激动，自己努力压制，但控制不住手的颤抖。她用颤抖的手抹掉她并不想流出来的眼泪，五官使劲往脸中心挤，好像正在吞咽苦药。

妻子的反常让蒋看山云里雾里。以往发生这种情况，她不过是笑着提醒他套装还是要成套穿，眼下忽然就令她痛不欲生了。即便他顺从她去换了蓝色条纹的上衣，她的情绪也没有好转。她的脸埋进手心，十指插进她那头坚硬的鬈毛里。要不是小时的家庭教养让保存些淑女的底色，没准她会大喊大叫，咆哮着将茶几上的瓶瓶罐罐拂扫一地，对准墙壁和天花板一通狂扔乱砸，没准她会拿头去撞随便什么能让她头破血流的地方。

电视里正在讲某地的瓦斯爆炸，少数矿工被救，多数仍然被困。画面是背景冒烟的现场，记者采访指挥抢救的领导。这已经是本月的第三起同类事故。这对夫妻都没有被这则新闻转移注意力。电视节目只不过是他们的生活背景。这时候蒋看山终于注意到茶几上的化验单，林雪望开始用眼角余光观察他的行为神色。他的眼神焊接在纸片上很久没动。

那个简单的结果并不值得他看那么久，那不是让人很难辨认的医生手写处方，而是打印出来的字体，而且他接触这种单子也不是一回两回，他一眼就能看明白的。她清楚地记得过去每一回他的表情变化，这次他没有第一时间为化验结果感到高兴，没准他的大脑机器正在飞速转动，没准在想他和妻子稀少的房事中是哪一次在起作用，没准他做贼心虚率先想到了他背着妻子干下的丑事，尽管那上面明白写着患者是他的妻子，白纸黑字显示他们夫妻俩失去希望之后的希望，他们心灰意冷之时的惊喜。没准他被这巨大的喜悦击蒙了——但即便是中六合彩兴奋而死的人，死相也应该是带着欢愉的——蒋看山脸上没有任何表情。

那么是时候看蒋看山做点什么，而不是一直由林雪望去揣测了。

蒋看山撸了一把三七分头发，念着看病日期，在茶几边踱了几步，忽然语气夸张地说："既然怀孕了，那是天大的喜事，你怎么反倒烦成这样？难道你真的想做丁克不要生孩子？那不行。我告诉你，面粉怎么揉，包子包多大，家具选什么款，买这买那都由你决定，唯独这件事不是你说了算，因为那是我的孩子，将来是要姓蒋的。什么做大包子铺、开个大餐馆，那些看不见摸不着的虚头巴脑的幻想，在眼下的生活来说都不算个事。"

他倒了一杯水放在妻子面前，并且在她身边坐下来，态度虽谈不上殷勤谄媚，但讨好的意思还是很明显。他一只手从她的右肩绕到左膀，像从前那样并顺势将她往他怀里按了按，半真半假地说："除非那不是我的孩子。"

林雪望心里一颤，要声讨丈夫的气焰随着心虚矮了一寸，她不确定丈夫是否在暗示什么，但无端端说出这种话来，必定事出有因。又想到他一个会下棋的人，成天琢磨着怎么布局下套，不动声色，她要是大喇喇鲁莽冲刺直奔主题，很容易让自己山穷水尽。尤其是她从没想过要让蒋林铺子散伙，现在也并非百分之百肯定是丈夫在姑娘肚子里播下了种，有必要与自己的丈夫进行博弈，顺藤摸瓜搞清楚他手里到底握着一副什么牌。

"我也不知道是不是你的孩子，但肯定不是我的孩子。"林雪望眼睛一眨不眨地看着自己的丈夫，后者似乎被这句话绕糊涂了或是被击蒙了，也眼睛一眨不眨地看着自己的妻子。如果忽略各自眼神里的内容，单看他们的姿势形态，极像是情侣的深情对视。在肥皂剧中这时候会响起煽情的音乐，男女主人公慢慢靠近轻轻拥吻，也许还泪如雨下。然而细看这对夫妻，无形中招数频换，眼里刀光剑影，在电视广告背景下短兵相接。

——正义的来福灵，一定要把害虫杀死、杀死。

——旭日升冰茶，伴我青春潇洒。

——康师傅方便面，香喷喷，好吃看得见。

——黑芝麻糊哎——不一样的包装，一样的味道。

电视广告激烈拼杀之后，响起天气预报的音乐声。小鸟这时从这对夫妻之间穿过，用身体切断了两人的目光链，随即如蛛网粘住了他们的视线并拖拽到沙发上。他们看着她像往常一样坐在最中间的座位，辫子如宠物低伏在大腿，手里攥着鹅卵石，紧紧地盯着那台方盒电视机。

"是的，化验结果是她的，她怀孕了。"好像丈夫问了什么似的，林雪望淡淡地回答。她忽然感觉浑身无力首先败下阵来，小鸟天真无辜的样子深深地刺痛了她，就好像小鸟真的是自己的女儿。她想起与姑娘相处的时刻，对姑娘的怜爱与感伤覆盖了一切，她沉浸在一股从未有过的脆弱悲伤中难以自拔。她并没有注意到丈夫既不吃惊也不恼怒，甚至还闪现出一丝不易察觉的喜悦。她暂时抛下了夫妻之间的问题没想别的，也不打算继续追究什么人造下这样的孽，她只想怎么样尽快将这个无辜的姑娘从不幸中解救出来，结束这场灾难。

"就这两天，我会带她去医院堕胎，这种事越早越好。"好像丈夫又问了什么似的，林雪望的回答还是很平静。她根本没看丈夫一眼，也不管他无须的脸上是怎样阴晴变换。他的双手摸了摸脑袋，交叉藏在腋下，然后又垂在两侧。他束手无策频繁变换姿势的身影挤压着空气，搅乱了气流的平静流淌。她也不想知道他对此有什么看法，就像买面粉做包子之类的决策，她用不着他操心。她那种异常疲惫的神态透着灰心，没准当她在与丈夫"深情对视"的时候就已经有了答案，为了保全家庭并不撕破蒋看山的脸。几十年后——如果他们活得够久——当他们回顾人生，头发雪白掉得稀稀拉拉但仍然保持三七开的丈夫一定会感激妻子的宽宏大量，用他干枯的手重新紧紧地攥住他一头白色硬鬃毛的妻子。他什么也不用说，她就知道他想说什么，漫长的婚姻生活使他们合为一人，仿佛共用一个大脑。

而此刻蒋看山和妻子之间的那道屏障还没有被岁月风蚀，他们的婚姻还掺杂着猜疑揣测，以及偶尔无伤大雅的小障碍。大多数问题可以不了了之，然后被日常消化，像很多夫妻关系一样。但这时的蒋看山在风平浪静的妻子面前渐渐显露焦虑与不安。他了解她小事叽叽喳喳，大事闷声不响，过往的生活已经证明，她是那种越痛苦越安静的人。他不知道她掌握了什么，不知道怎么开口回应。他先是说了几句废话，好像这样可以开辟空间以便施展拳脚。他说做那种手术可能会使人终身不育，万一这种不幸的事情发生在姑娘身上岂不是毁了她。

这番话乍一听似乎充满仁慈，为了保护姑娘，特别提高那未知的低概率风险可能造成的损害，而不去计算另一个结果对她造成的负担。孰轻孰重，林雪望一时半会儿想不清楚，但她听出丈夫保留孩子的急切意图。他不但没有为干下这件坏事的人表示愤怒，更没有将此事查个水落石出的正义情感，几乎是不加掩饰地暗示留下胎儿是两全其美的，既顾及了姑娘的身体安全，他们也将拥有一个新的生命。他甚至把话挑明了，他们完全可以做孩子的亲生父母，到时蒋家有后，蒋林包子铺后继有人，而林雪望则可以成为一个真正的母亲。

"你过去总想推着婴儿车去公园散步，去超市购物；你想让尿布片和小裤衩在咱家阳台满满地迎风飘荡；你想有个小家伙成天围着你叫妈妈，要这个要那个；你想有个孩子，你赚了钱将来送他去外国留学喝洋墨水……这一切现在就摆在你的眼前了。"蒋看山忽然迸发出罕有的生活热情，就像埋头抠掘挖得灰心的人发现了金了，整个脸上都焕发出光彩，沉寂多年的口才这时也苏醒过来磨刀霍霍。他那双善于搓揉面粉的手，此时像演说家那样摆动助兴，砍伐空气或扬掌向前。他的话像打了很久的腹稿，经过了深思熟虑，全是有的放矢，一字一句全部戳中了林雪望的情感软穴。那里躲藏着她毛茸茸的欲望在夜里活蹦乱跳，她多少次满怀柔情地抚摸它们，舔舐它们，而白天在它们沉睡时像尸体般安静。她总以为它们永远不会复活，而丈夫这番言论轻而易举地触到了她的心扉。

就像为丈夫的精彩旁白配图，林雪望的脑海里随即展现了一系列想象的画面：晾满阳台的小衣服小裤衩小袜子，活泼可爱花花绿绿，远美好于摆饰盆景植物；婴儿床应该垂着长长的白色纱帐，婴儿车是粉红色的；孩子在草地上学走学跑，跑着跑着就跑大了，像所有家境良好的孩子那样健康美好，长成了她期望的样子。她清晰地感觉它们已经成长到难以置信的巨大，在丈夫的怂恿下开始骚动起义，迅速占据她心里的空间，将威胁它们存在的异见分子一网扫尽，于是乎她毫无招架之力，几乎是束手就擒。

所以接下来蒋看山察言观色趁热打铁，说什么天赐人缘、机不可失等等。其实毫无必要，这时候有什么东西已经在林雪望脑子里燃烧起来，燃烧后的化学反应已经远比蒋看山的言语厉害，他很快会知道女人一旦进入这种状态，就会进入白日梦的癫狂，他的妻子将贡献比他更有效的智慧策略。没准她自己一开始也有过同样的念头，只不过受良心所阻，绊脚石一旦搬开她走得比谁都快，竟然不需要一些为此辗转反侧的夜晚，不经过扪心自问及人道考量的折磨，也没有去想法律或者可能发生的后果。脑子里的熊熊大火将一切杂念烧为灰烬，包括她心里的悲伤、怜悯和愤恨。她知道她不会追问真相，即便那确凿无疑是丈夫所为，也不重要了，她即将获得的大于一切，整个事情一经这么处理，就将变得极为简单皆大欢喜——甚至谈不上伤害和受害。

问题就这样，在下午抽几根不带过滤嘴的香烟的时间里经过了急流险滩抵达和煦水湾，水面洒满碎金，像无声的鞭炮一炸一亮。当事人拖着大辫子坐在他们旁边，静得像木，偶连呼吸都听不见，电视里打出一种叫"脑白金"的保健品广告时，她离开他们回到阁楼。

蒋看山关掉电视，他要清静清静脑子，刚刚发生的剧烈冲浪让他有点脚不着地，他讶异自己准备的关键招数并没有用上，不免要猜想妻子留下那么大的余地，是故意还是大意？她为什么不说出她的怀疑，甚至当面质问他，并且以此为把柄将他紧紧地捏住随意摆布？过去她拿烟钱作筹码要他与她性交，为什么她现在放弃随时要他硬起来尽丈夫职责的大筹码——或者说是放他 马？难道她背着他干了什么不检点的事情？莫不是她包子铺的贷款和面粉来路不正？他知道不管她什么表现，最终都只有一个结果。他倒是想看她大吵大闹，以便他继续发挥他的口才。要知道他憋了这么多年也非常乐意操练操练，但林雪望根本没让他尽兴，或者说他的语言太有杀伤力，已轻易将她击溃，事情仿佛顺理成章水到渠成，一切显得十分诡异，反令他惶恐不安。

当然，他知道水落石出未必有益于婚姻情感，这样朦朦胧胧最好不过。他自始至终没有受到任何良心的干扰，过去发生过让他时常摸一摸良心的事情，但那都过去了，年轻时他就有本事凭口才将黑扭转为白，让姑娘服帖。林雪望尚不知道，发生在知青点的爱情故事，姑娘已经怀孕，而他为了返城，凭他的口才让姑娘堕了胎并因意外失去了子宫。他从这件事情上学到的经验用到了小鸟身上，成功劝阻了妻子打消带她终止妊娠的决定。这之后因为个人私欲及家族兴旺等原因，他们在夫妻关系之外结为了某种同盟。一种新的希望振奋彼此，让人感觉人生复又美妙，这对夫妻当晚忽然不谋而合，煞有介事地行了一次效果不错的房事，还聊起了准备婴儿用品的问题。这一夜远胜他们婚姻中所有的夜晚。

10

那个从所有夜晚中胜出的夜晚终止了他们貌合神离的生活。人们看到蒋看山与林雪望在落日时分沿江堤散步，他的手箍着妻子的腰，或揽肩或牵手，总之两具躯体必由某个部位粘连起来。轮船鸣笛穿越森森江波茫茫轻雾，渔舟泊在江心，舟上有个细小的身影在布网捕鱼。徐徐江风吹拂着人们的困惑，但没多久他们就知道年过四十的林雪望怀孕了，这一举摧毁了他们的丁克生活——"摧毁"这个词是蒋看山说的，谁都听得出来他是多么乐见这样的摧毁，简直是望眼欲穿得来的。后来人们都学他用"摧毁"来描述发生的好事。他的妻子则沉浸在这种被"摧毁"的幸福中，她和那只泡着枸杞红枣的保温杯是包子铺的点缀，她就那样坐在那儿收收钱算算账喝喝枸杞红枣水，蒋看山也要轰她回卧室躺着养胎。"轰"这个字是林雪望和别的妇女聊天时说的，谁都听得出这个"轰"字里隐藏着集万千宠爱于一身的任性与傲娇。

这对夫妻用这种奇怪的语言方式炫耀发生在他们生活中出乎意料的东西。林雪望怀孕的消息就这么传开来，这正是她设计的第一步。于是街坊买包子时都不忘道喜，仿佛用恭喜当钞票，一手交恭喜一手拿包子，弄得包子生意喜洋洋的。这件事给街坊的生活添了一点乐趣，他们并无恶意地观望这次林雪望是不是又会流产。当然他们也会私下议论无可挑剔的林雪望这一次做得不太地道，有心想认她的远房亲戚做女儿，原来是把那哑女当"引窝蛋"，自己怀了孕，胎一稳，当就将"引窝蛋"送走了。但也有人表示理解，那么大的姑娘带不亲的，将来这对夫妻既要照顾生意又要照顾新生儿，哪里有精力来管这个身体发育智商不长的姑娘呢？不过人们很快就忘了哑女。

蒋看山没多少时间去公园游手好闲了,他像浪荡子回头般带着弥补性的勤奋忙忙碌碌,转眼间就成了模范丈夫,不但脚踩三轮车采购货物,大小事包揽,还经常弄些滋滋补补的东西,直养得林雪望那皮糙肉厚的脸上也逼出了桃花色。要不是她明显隆起的肚子证明她身怀六甲,人们很难相信这是个孕妇,尤其是生过孩子的妇女愤愤不平,免不了要说起自己当年面色蜡黄到处浮肿的经验,像林雪望这样怀个孕变漂亮的实在不多。但林雪望肚子大了以后就不合群了,她并不扎在妇女堆里摸着肚子谈笑风生,她更多时间待在家里,偶尔在包子铺露面向街坊微笑。她的头发长了一些,用橡皮筋抓了一个短促的马尾,前面大量顽固不受约束的头发仍然岙开,让人想到狮子的脑袋。

以一个准父亲自居的蒋看山在某个天气良好的下午给阁楼窗户装上了防盗网,又在阁楼门外添了一把锁,以免小鸟突然跑出来捅了娄子。自打宏伟计划付诸行动,他处处体现一个下棋高手谨慎细心的品质,每走一步都经过沉着布局几经推敲,走出一步同时也想好了未来的应变策略,严丝合缝才能万无一失,万无一失方能高枕无忧。

此前林雪望晚上的确睡不安稳,老是担心出现差错,有一回梦见小鸟不见了,人去楼空,惊出一身冷汗。她渐渐发现丈夫原来是做大事的人，他沉着多谋，全力主导着这件事情的发展，她要做的就是配合形象挺起肚子，偶尔在人前晃动以示一切正常。当然在家里她通常拿掉假肚子放开手脚给小鸟炖鸡烧肉，她照顾小鸟不遗余力。小鸟现在穿着冬衣也能看出来腰身圆滚滚的，像头小母牛一样健壮，她的胃口比以前更好，食物照旧撑得腮帮子鼓鼓的，板牙嘎嘣嘎嘣碾磨鸡脆骨，喝汤喝得呼噜呼噜响。林雪望陪她吃陪她玩，陪她看被网格切成菱形碎片的江河与天空，看船从这头开到那头，那头开到这头。陪她在屋里散步，看电视，谈自己的心，说得不到回应的话。最后林雪望跟她睡在一起，与她保持一样的呼吸节奏，一切同步，越来越接近于亲自孕育。

　　事情真的这么开始了，有时也难以置信。如果说其间林雪望的心里没有任何摇摆，那显然不切实际，她对小鸟的感情就好比一只爱的蜘蛛总在吐丝，蛛丝带着黏性粘上来不容易摆脱，但只要稍下狠心又搓又洗自然能除个一干二净。因此，她并未被束缚手脚，并且学会了如何更利索地清理蛛丝。在这个过程中她渐渐附体小鸟，她感觉她就是小鸟，小鸟就是她。她的胸脯在小鸟均匀的呼吸中起伏，她的手放在小鸟隆起的肚皮上感受胎儿在自己体内蠕动。她将小鸟的柔软长发放在自己胸前一遍遍抚摸。她感觉小鸟有一种平静与淡淡的气息，像什么东西在缓缓地蒸发。回想起过去一次次失败的痛苦，仿佛行走在黑暗的隧道看不到尽头。她幻想过挺着肚子在街上大摇大摆耀武扬威，她嫉妒过所有肥沃的子宫，甚至连街上的流浪母狗毫无障碍地在角落里产下一窝崽都让她心里不平——现在这些不健康的情感完全消失了。一想到不久后将在家中活蹦乱跳的孩子正在孕育当中，再过几个月她空空的臂弯将被一个小不点填满，别人将会看见她家阳台上尿布飘荡，小衣服手舞足蹈，小袜子掉下去砸中街坊的头，街坊捡了送上来看见小不点毫不留情地夸赞一通……不用说，诸如此类美妙的事情都会不断发生。

她有时需要掐一下自己以确信自己活在真实中，依赖从丈夫的行动中获得勇气。她的丈夫已经买回了婴儿床、奶瓶奶嘴和捏起来哇哇叫的塑料玩具、摇起来咚咚响的拨浪鼓，这些确凿无疑的婴儿用品帮助她获得目标与信念。他从来没有流露出丝毫的顾忌或犹豫，他的笃定让她觉得这是他一早就安排好的，他从一个酱油瓶倒地都不扶的怠惰者，一夜间变成一只满怀热情的老蜜蜂在他们生活的场域飞来飞去，奉献劳动与智慧，创造支撑蒋林包子铺发展意义的东西。她已经懂得少问为什么可以让生活变得简单，追根究底其实是跟自己过不去。不管是否精心安排，事情只有一个结果，那就是他们将拥有自己的孩子，这也正是她想要的。

她将化验单收进抽屉，这是个重要的凭据，每看一次

每个人都是西西弗斯日复一日推石头上山，
但并不是每一个人都意识到了这一点。

就增加一分自我蒙蔽的效果:现在的一切都是这张化验结果单的延伸,没有谁可以猜疑它阻止它,除了她自己。也正是这样通过日复一日的确证纠正,通过渐入佳境的表演,她习惯了作为孕妇的自己。她从没享受过这样的自由美好,她感觉自己就像一片有疵斑的叶子经过风调雨顺的滋润渐渐趋于光滑完整,具备一片完美的叶子应有的样子。那头鬃毛似的头发也不那么扎心了,过往的种种不如意不过是同一件事情带来的辐射传染,一个胎儿就能修复所有的漏洞重燃所有的希望。

　　她有时私下希望这会是个儿子。因为女儿一旦成人做父母的就该提心吊胆,担心她的贞操被恶人剥夺,害怕她嫁错男人,被生育问题伤害,尤其是如果像小鸟这样连自我保护的能力都没有的姑娘——想到这里她的心微微一颤,仿佛被一滴雨水砸中的花瓣,但雨珠很快从花瓣滑落,甚至都没有留下水痕。做女人有着无穷无尽的麻烦,她们的两腿不单向男人张开,还要无数次地向医生张开,插入子宫的除了温暖的男性生殖器,还有冰冷的医疗器械,虽然人们在获得快感和痛感时呻吟声如此相似。她听过领取独生子女证后的女人抱怨避孕问题,每一次性交都潜藏着未知的风险,仿佛头顶总像悬着一把利剑。这个属于雌性动物独有的子宫,除了孕育生命,还滋生夺命重疾,越来越多的女人死于性别——

她的年纪正好进入了这个危险雷区。为了驳倒自己,她特意想了想做一个女人的优越之处,想来想去竟然一无所获,不知道做女人有什么好。不过她最终只是希望不管男孩女孩健康就行,她明白在这个问题上,还轮不到她这样的人来挑肥拣瘦。

11

　　雪落下寂静。结冰的江面覆着白雪,船只就像搁浅在雪地上。林雪望和蒋看山被即将为人父母的欢欣包裹。自从知道鸡蛋黄里的白色液体是公鸡留下的"精子",只有这样的鸡蛋才能孵出小鸡,林雪望每次敲开鸡蛋前总要对照光线看一看有没有精子的阴影,因为吃公鸡的精子让她感到恶心,另一方面她觉得这种鸡蛋的价值在于孵出小鸡而不是被人吃掉。她将有阴影的鸡蛋攒起来,她也不知道有什么用,她不知道怎么孵小鸡,而且家里也没有地方养鸡,吃不吃鸡蛋让她感到为难。

　　蒋看山发现妻子变得像个孕妇敏感神经质,而那个真正的孕妇和之前一样,这件事丝毫没有困扰她。她没有呕吐反应,没有所有因怀孕造成的改变,肚子大起来没有使她显得笨重。他们对她一无所知，因此也更能专心地执行他们的计划，眼下最关键的问题是去哪里生孩子。去医院将会惹上麻烦，他们没敢带小鸟白天出门，她多半时间待在那个五六平方米的阁楼里，这对夫妻如果同时出门就会给阁楼上锁。他们通常在深夜带她出去，像幽灵一样一声不响在街上飘荡，连脚步声都不敢踏得太响。一只野猫弄出的响动也会让他们心惊肉跳。他们并没有遇上任何麻烦。

蒋看山想过去乡下亲戚家找个接生婆完成此事，林雪望认为这是天知地知的事，人的嘴巴关不住秘密，他们不能相信任何人。这几乎是他们唯一担忧的问题。但一对为之付出巨大心血的夫妻，当然不会让自己的计划败在最后一刻，一旦他们知道怎么用剪刀怎么消毒，事情就变得简单——过去的女人生孩子大多是在家里咬着毛巾完成的，这样的哑巴姑娘甚至都不用堵住她的嘴。

怀孕撑大了小鸟的肚子，并摊薄了肤色的浓度，黝黑变成了古铜，身上凡是鼓起的地方颜色更薄。其实她不过是一朵花如期绽放，不过是一湖春水因风涟漪荡开，成熟就像春天里的某一天忽然间绿叶满树。林雪望记录胎动时间，每天用裁缝的皮尺量小鸟的腰围并记下变化的数字。这些让她心安的数据和包子铺财务表在同一个账本上，还有红笔画下的某些重点，用的都是第一人称，比如"我今天被小家伙踢了十次"之类属于一个准母亲的话。这个本子则成为她丈夫的睡前读物——林雪望并没有给他接近小鸟的机会,在他们未来的孩子出世前,他只能通过妻子的描述来感受自己通往父亲之路的风景,那些他从未见过的景象估计以后也不会再现——他通常一边看一边用手指捋着三七开占多半的那部分头发,有时拧紧眉毛一副费劲思考的样子。没准他在想女人的肚皮太神奇,气球吹到一定程度都会爆炸,女人那里似乎可以永远膨胀下去,就算他一天比一天着急、一夜比一夜难耐,那个东西还是按它自己的速度生长。他的时间从未过得如此缓慢,八个月又是如此漫长,夜长梦多节外生枝之类的担忧往缓慢的时间里注入了重量,时间这匹老马遇坡便越发力不从心。但他想尽办法催使老马爬上坡翻过这座山头,等待它的将会是淌着奶流着蜜的河水以及肥沃新鲜的青草。

每次阅读他都会添加一些内容,使妻子的记录更充实详尽。这是他们共同创作的剧本,在这部作品里他不断地贡献个人的才能。他们的夫妻关系从未像现在这么圆润,也许是因为林雪望与小鸟同睡之后,夫妻间的距离产生诱惑,她与蒋看山除了定时定量每周一次的房事,还经常拥有发生意外的夜晚。没准他们还佩服彼此在这项伟大的计划面前无所畏惧——他们决不允许心里出现"犯罪"这样的词来——他们在街坊面前如此淡定,甚至比平日相处时更从容自若。他们心里头装着一台摄影机,他们从这个小洞口观察自己与街坊的演出。

这期间发生过惊心动魄的一幕,某天中午,圆滚滚的小鸟突然下楼现身包子铺。当时蒋看山正在剁肉馅,猛抬头时就如看到女鬼般惊出一身冷汗,连刀都没放就将小鸟逼了回去——也许是过于惊慌,也许是用刀威胁,他的手紧紧地攥着刀柄,而刀上的肉末并没有削弱属于刀的光芒。这一天他再也无心工作,早早地拉下卷闸门,安抚惊魂难定的自己和妻子。他把小鸟锁在阁楼里,并警告妻子让她在家里自如活动的仁慈将会毁了他们。他认为她在妻子上厕所大解时打开房门下了楼,证明她有所判断也知道选择时间,她的行为虽像梦游并不是要逃跑的样子,但他们的心血很可能由于一时的疏忽毁于一旦——总之,孩子一天不落地,这母体就是颗不定时炸弹随时会爆。他要妻子明白他们处在极端危险的状态中,绝不能掉以轻心。他的妻子魂被削了半边,于是给阁楼终日落锁,只在用餐时放小鸟出来,饭后在客厅走动消食看电视。她在本子上把这件事写成:"今天我跌了一跤,谢天谢地,平安无事。"

自小鸟怀孕起,这对夫妻神经紧绷,没有多少轻松的时候,要面对超出他们经验之外的事情,弄不好人命关天,既怕母体出事,也怕胎儿不稳,更怕母婴一起完蛋,每天如履薄冰，连门被敲响的声音都使他们的心脏不堪重负。在家做饭招待朋友这种事此后再也没有发生，以孕妇清净养胎的借口，也回绝了上门来看望的朋友，到怀孕后期甚至和街坊朋友都断了往来。不过大多数人理解他们的特殊状况，林雪望抓住了人生中最后的怀孕机会怎么做都不算过分。

这对夫妻自然知道孩子生下来后他们怎么弥补，到时候他们会高声说话开怀大笑，将漫长孕期的感受苦水倒出来与大家一起分享，他们会把本子上记录的胎动啊摔跤啊担忧惶恐之类的心情公之于众，说出他们是如何度过那些惊险时刻，又是如何以乐观主义的精神击败一切威胁的。他们还将归功于彼此并互相赞美，用他们在词语上惯用的伎俩把"轰"和"摧毁"之类的坏词用出意外的美好来。而当怀里抱着孩子时，幸福会促使他们将这种才能发挥到极致。这振奋人心的一刻储存在他们的脑海里不断地发酵，就像一幅画，每天朝着构想的样子涂涂改改日趋完美。正是有赖于这张蓝图所给予的慰藉与支撑，他们克服了跋山涉水的疲惫。

为了证明这次怀孕并非平淡无奇，他们会描述更多的细节，当然他们还会将小鸟得重感冒时的那场战斗添油加醋移植过来，说林雪望怀孕六个月时，咳嗽发烧打喷嚏流鼻涕各种症状全面进攻，处境一度称得上危险，孕妇吃不好睡不宁又不能用药，每一声咳嗽都担心把孩子咳掉。他们将以过来人的自信津津乐道,如何全力以赴用民间偏方击溃病毒,一瓶高度白酒搓擦身体退了烧,橙子加盐、冰糖柠檬、萝卜蜂蜜、大蒜煎水每样轮番上阵止了咳,整天热水灌肚冲刷排毒,以至于那个月的水表多走了几个字——总之他们以铜拳铁腕与病毒奋战了一个月,将它们全部歼灭,而孕妇毫发未损。人们将赞叹他们的智慧与勇敢,并且记下这些偏方以备不时之需。人们还将从蒋看山的嘴里得知,他妻子半夜发作,没来得及送医院孩子就掉下来了,比起那些生产时大喊大叫的女人,那真是轻松得像母鸡下蛋。他们会说这是上天对林雪望的照顾,因她此前在生育方面受了太多的罪。

没有人会知道小鸟在阁楼里张大嘴巴无声喊叫,整整一个晚上宫口才勉强张开,床铺枕头都汗湿了一大片。这对夫妻准备充分,但真到了这一刻仍然紧张慌乱,除了等待新生儿的啼哭声不知所措,这件事根本不是他们期望的那样,就像树上掉下果子他们只需弯下腰去捡。最糟糕的是天亮的时候,小鸟像缺氧的鱼嘴巴一张一合,他们以为她要死了。当然生产过程还有很多揪心的时刻,但都不如这副样子吓人。连林雪望都怀疑这个事要是从头再来她是不是还会义无反顾。她一会儿抓住小鸟的手,一会儿捉住她的脚,忙了上头忙下头,她的丈夫只能在厨房将开水烧了又烧。

12

天气已经入伏，屋里闷热到令人窒息，连柳条都死垂着一动不动，秋冬到处撒野的江风，此刻却是个大家闺秀大门不出二门不迈，敞开门窗都期待不来。小风扇吹出来的都是火热。闷热的气流搅动得这对夫妻焦灼恐慌、六神无主，所有事物被炙烤着仿佛就要燃烧起来。

每一个人都汗透了。楼下草丛传出蟋蟀的温柔歌声，缓缓刺进静夜火热的腹部。也许它们整夜都在歌唱，只是这对夫妻所有的注意力被生产的危急抓住因而充耳不闻。是蟋蟀的歌唱将这对夫妻拉回现实，做丈夫的重新发挥他思维清晰有条不紊的影响力，而他的妻子通过对小鸟不断地鼓励安抚使自己冷静下来。

她甚至对小鸟说出乞求的话，告诉小鸟这些年她不断流产的挫败打击，说出她内心对孩子的秘密渴望以及遭受的肉体与精神的双重折磨。有一阵小鸟很平静，她松开了什么也没抓住的拳头看着天花板，她对自己有一副性感的仿佛等待亲吻的厚嘴唇毫不知情，这张嘴在长时间撕咬空气之后呈现疲倦的颜色，它仍需为下一轮疼痛抗争积蓄精力。

小鸟被这世界上最剧烈的痛苦弄得晕头转向，疼痛像一场大屠杀，绞杀活物片甲不留，随即有大火焚烧一切看得见的东西，灰烬中散发出来的余烟是她喘息之际唯一的意识。她的目光偶尔落在林雪望脸上，就如蝴蝶轻轻停在花瓣上，只是这花瓣并不鲜嫩，且经过一夜煎熬浑身汗臭，眼圈发黑，眼里泪水满贮。林雪望试图捉住这只蝴蝶，但她没有勇气伸手，怕自己粗糙的手指玷污损害蝴蝶的翅膀。她避开脸，用那只充满羞愧的手擦掉溢出来的泪与汗，可眼泪不擦还好，一擦更多，就像捅穿了底似的源源不断地流出来，以致她不得不双手捂住脸死死地压住它们。

但林雪望很快摆脱了这种状态，因为小鸟的脸又被疼痛扭曲张大了嘴巴，随之而来的是蟋蟀的歌唱。

要深入复述这个炎热无风的夜晚几乎是不可能的，三个人在这件事情上各自的感受更是难以形容。幸运的是，这个小产妇和着蟋蟀歌唱的节奏在死去活来中终于达到了生产临界，惊心动魄的时刻撞开生之大门来到这对夫妻眼前。随着婴儿的一声啼哭，林雪望就像被生产耗尽了全部精力，甚至无力看一眼那令她煎熬已久的东西就瘫软在地，直到蒋看山将他们的儿子放到她的怀里宣告美梦成真。蒋看山那三七分发型乱了套，汗水从发梢滴落的样子，仿佛顶着烈日劳作了一整天的农民。

小鸟被掏空的躯体如蜕变遗留的蝉蜕,因失去重量而轻飘飘的,她睡熟的样子带着甘甜,就像一个在自己的生日聚会上收到无数礼物疯癫玩乐后心满意足的姑娘。天色彻底亮起来之时江面起了波纹,过于温柔的江风几乎无力爬上窗台,但屋里的温度有所回落,仿佛先前的燥热完全是几个人的情绪酿造的。

13

奶瓶里已经灌满牛奶。这对夫妻为婴儿吃母乳还是喝牛奶发生过短暂的争执。蒋看山认为婴儿应该吃母乳,但遭到妻子冷硬反对,从她抱着孩子的那一刻开始,她就是一位真正的母亲,她说她的孩子绝对不用去找谁讨奶吃。事情到这一步,蒋看山已完成了他过去的角色,剩下的就是配合妻子,听妻子的吩咐做这做那,像以前一样。他的妻子没有说出她内心的种种担忧,母乳喂养也许会唤醒小鸟的母性,造成不必要的麻烦,她绝不允许小鸟和婴儿之间有任何形式的情感联络,他们应尽快将小鸟送走。

林雪望就这样瞬间恢复成过去那个果断利落的女人,且无师自通将婴儿照顾得干净妥帖,好像这是她养育的第十个孩子。她亲手将尿布片婴儿衣物晾满阳台，大声与楼下马路上经过的街坊打招呼。因此，人们很快知道包子铺老板娘这一次顺利产子，一桩悬案总算有了结果，没准还有私下打赌的也到了结个输赢的时候。满月酒席订在一个中等餐馆，老板是林雪望父亲的旧部下，因此酒水折扣猛烈，林雪望几乎没掏什么钱。这一天孩子的名字还没有取好，只弄了个乳名叫得热火朝天。人们在祝酒之隙，免不了要抱抱孩子，摸摸小手小脚，说一些夸奖的好话，尤其是说这孩子长脚长手，眉清目秀，像足了蒋看山。平素不喝酒的蒋看山早就高兴过头，架不住这份喜庆，喝了三五杯白酒，瞳孔里扩散出兴奋："我的儿子当然像我，要是不像我，岂不是出了乱子？"

林雪望不动声色地看着丈夫得意忘形的样子，对于一直逃避的问题或真相，她并不希望丈夫以这种方式暴露出来，这有点生米煮成熟饭，强迫她顺从的意思。她琢磨丈夫说这话时的心理，也许是她过于敏感，他只不过在装作像一个真正的父亲，说了个父亲该说的。她唯一没法自欺欺人的是这孩子的长相，尤其是额头和眉眼，像蒋看山一样的清晰开阔，同时却又能看到小鸟的影子。一根纤细的狂躁之藤缠绕着母爱的梁柱，向着虚无攀爬。没有说孩子长得像母亲的，这些人连假意的恭维话都免了，也许都知道夸孩子像父亲，做母亲的通常都会感到心满意足，这是她们所乐于见到的成果。但此时此刻，一种深深的失落感涌上林雪望心头，同时还有一股不安，她担心怀里的孩子随时会化为一缕云烟。

送走小鸟的计划，因为她的身体状况一拖再拖。情况出乎这对夫妻的意料，没有哺乳的小鸟奶水滞胀，双乳变得像石头一样滚烫坚硬，古铜色更见稀薄，紧绷如鼓敲起来会咚咚响。她比生产时更为痛苦绝望的表情，表示她正承受着某种剧痛的折磨。意识到鸡汤起了催奶作用，加剧了奶水的堆积之后，他们停止了给小鸟吃任何荤食补品，但已经为时太晚。奶水像地底泉水冒了出来，小鸟就像被这两只石奶镇压在床动弹不得。

那是她产后的第四天。他们完全没想过会发生这种情况，或者说孩子出来后他们就顾不上小鸟，给她擦了身体换上干净衣服，像打点一具尸体那样。接下来几天林雪望手忙脚乱，安顿好婴儿，接着就去拯救小鸟的那对石乳，冰敷热敷拿不准哪一种会有疗效。

当顽固的石乳表现出妥协放松的迹象，林雪望试着按摩与挤奶。当一碗碗雪白的奶水倒入水槽，羞耻感在林雪望心头重现。她看见自己双手的肮脏与丑陋，而她曾经骄傲于它们表现的爱意与怜悯，将一只奄奄一息的小鸟喂养得羽泽光滑毛色丰润。现在这只小鸟再次垂危，而她只能挤压它的乳房，犹如小小的喷泉朝天空喷出洁白的汁液。某一瞬间她想将这些传说中充满甘甜的东西灌进奶瓶,让婴儿尝尝母乳的滋味,但另一个更强烈的声音阻止了她,甚至把它想成是病液,是毒脓,让自己觉得恶心,于是真的产生了厌恶。林雪望还厌恶她那难于梳理的长发又多又黑,厌恶她对自己那张丰厚肉感的嘴所产生的无声引诱浑然不知,厌恶她源源不断的奶水和收放自如的腹部,厌恶感越来越清晰,让林雪望感到再也无法忍受。她不得不承认她一直不舒服,只不过现在被抑制的情绪爆发出来,挤走了占据道德的那部分阵地。林雪望强烈感觉不再能容忍她还占据着家里的某个位置,不能忍受母乳的气味四处弥漫,不想再为丈夫充满神秘的起夜猜忌担忧,夜里竖起耳朵捕捉他的脚步声和尿柱冲响马桶的声音,她厌恶那些失去安宁的夜晚。

她要尽快清空阁楼,重新堆上杂物。她想象自己站在阳台,亲眼看着丈夫骑着那辆三轮车将小鸟载入黑夜的情景,她知道她会长长地嘘出一口气。即便这口气里还包含着某种羞愧和恻隐之心,但这口气是吐出去收不回的,它必将飞散空中消失于无穷宇宙。她丈夫对此并无异议,甚至提出了更好的策略,只等小鸟的石乳缓解融化,他就将她送到一个她回不来的地方。

14

小鸟的身体渐渐复原，石乳柔软如初，只是比原来大了很多，谁也不能等到这对乳房缩回原来的样子，因为它们一直在产奶，不知道会产到什么时候。晚上十点钟，这对夫妻收拾好小鸟的东西，从阳台看去，街上仍然有人走动乘凉，三轮车在楼下静等执行今夜的任务。这个夜晚忽然充满了革命的气息，勇敢的地下工作者马上要突破封锁线，将一份至关重要的情报送出城去，一旦暴露行踪就会发生恐怖的后果——没准蒋看山此刻的心情就是这样，紧张激动但并不慌乱，因为内心有沉着的信念支撑：今晚过后的日子将风平浪静，他是阳台上飘荡小玩意儿那户人家的男主人，他那长脚长手眉清目秀的儿子将会跌跌撞撞蹦蹦跳跳地长成一个英俊小伙，未来他还会有孙子辈。当他成为真正的老头在公园玩时，再也不是两手空空。

等到街上终于静下来准备着手行动，婴儿忽然声嘶力竭地哭闹，紧接着呕吐，脸色转白，一连两次休克。做妻子的什么也没说抱着孩子就往外冲，原本静等执行运送小鸟任务的三轮车派上用场，做丈夫的尽全力将这辆老爷车蹬得活力四射狂驰于大街小巷，十分钟后抵达医院人车近乎散架。做妻子的什么也没说抱着孩子就往急诊室冲，那样子仿佛搂着炸药包在枪林弹雨中冲向敌人堡垒的烈士无反顾，于是为战友作掩护般的丈夫刚缓口气，一抬头就看到了妻子的身影散发出一圈英雄的光芒——那是急诊室的灯，她快得像是飞过去的。

经过系列抢救，婴儿最终在早上六点钟停止了呼吸，而这对夫妇所得到的只是一个陌生的医学名词：肠套叠。这也是他们这项伟大计划的唯一收获。在他们将这个名词放进骨灰盒埋在心里偏远的地方之前，做妻子的抱着婴儿的遗物沉默了很久，好像有样什么东西记不起放在哪里了。早班大巴的刹车喷出刺耳的气流，柴油发动机的噪声泼污整条街。她又似乎在聆听这些声音。那一刻她坚硬的头发都柔软下来，在汗水中轻轻地颤抖。

她的丈夫坐在三轮车上，似乎还没有从这混乱的夜晚中清醒。他垂着头看着自己的脚，这双脚是光的，拖鞋在半路上蹬掉了，脚磕伤了，脚指头结着血痂。事实上他并没有看脚上的伤，他只是垂着头，心里没有天空也没有枝头晨鸟的欢唱。他们不像刚刚失去孩子的父母，更像两个长期找不到工作露宿街头的人被饥饿与贫穷击垮。后来是做丈夫的把妻子从石阶上拉起来塞进三轮车，用他没穿鞋的脚费劲地蹬起来。少了婴儿的车子本应变轻，他却反倒踩不动了，也许是妻子的悲伤过于沉重，也许是自己突然老了二十岁，可几天前即便是拉上一车面粉他也没有觉得这么吃力。三轮车一摇一晃爬动在这个南方闷潮的酷夏早晨，简直像头上蒙了塑料套让人无法呼吸。

　　做丈夫的用发生在他生活中的残酷事实遣散了等在包子铺门口买早餐的街坊，甚至都没有回应他们的安慰。尤其是林雪望旁若无人地从他们跟前经过，就像他们是一排树。人们对这个家庭的意外雪崩表现出相当的震惊，然而这没有任何意义，他人的同情怜悯，没有比在这种时候更空洞无用的了。他们回到自己的家中，客厅里前所未有地空旷，满眼是夜晚奔逃后留下的狼藉。林雪望像梦游患者般忽然清醒，立即以惊人的敏捷收拾婴儿用品。她要将玩具奶瓶，以及那不到两个月时间产生的记忆统统塞进婴儿车扔到街对面那个脏污的垃圾桶中。与此同时，她的丈夫发现，昨晚忘了锁阁楼门，哑女不见了。

蔷薇不似牡丹开

短篇 3

她们的父亲死了，人们替做妹妹的松了一口气。老人瘫痪在床十四年，妹妹一个人全勤照顾五千一百一十天，给父亲喂了一万五千次饭，换了三万次便盆，抹了一万次身体，洗了一万次澡，说了几万句鼓励与安慰的话，以她的孝顺温柔维护了父亲病中的尊严与活下去的健康心态。她也曾经雇过保姆，但是保姆做事机械，她不放心，怕委屈了父亲。

老人是在深夜突然离世的。这一晚妹妹蔷薇像往常一样，拧开父亲房间的台灯，打算给父亲翻身，更换尿不湿。她推动父亲身体时才感觉到不对。怔了半响，复轻轻摇晃父亲，就像小时候向父亲要什么东西时所做的那样，父亲总会满足她，但这次她要的是父亲醒来，他没能让她如愿。

蔷薇撒手坐在父亲床边。父亲闭着眼，就像睡着了一样。他面色安详，因为放下了人世间的一切情感，眉目间清澈超然，连皱纹也平整了，看上去年轻了二十岁。父亲的屋子里没有任何异味，一点也不像病人生活的地方，是她的双手将这里收拾得干净整洁、井井有条，给父亲创造了这个舒适的生活环境。床头柜上的全家福照片古老清晰，两个小女孩站在父母身前，姐姐穿着白色蕾丝边超短裙，蓬松的长发随意散落，脸上晴空万里，一个美人坯；妹妹一身校服，短发齐耳。她们的牙齿雪白发亮。

蔷薇是在姐姐的阴影下成长的。姐姐鲜亮聪明，衬托得她暗淡笨拙。姐姐大她三岁，却从小有一股让她慑服的力量。她读书总拿第一，蔷薇也有点崇拜姐姐。父母不在家的时候，姐姐就把家务活推到蔷薇身上，她只需坐在那儿，拉出讲恐怖故事的架势，就能让她乖乖地洗碗拖地。姐姐十五岁考上名牌大学，更是成为家族的宠儿与骄傲，她离家求学，在外结婚生子，渐渐成为家中遥远的贵客。每次回来谈笑风生，逗得父母开怀大笑，从来不进厨房，双手也没有触碰过油污垃圾。她也不是刻意表现一个名牌大学毕业生和成功人士的养尊处优，她从小就是这种做派，与生俱来的。

有一瞬间，蔷薇很想给姐姐打电话，她想在电话里大哭一通，告诉姐姐那个最为她感到自豪的父亲走了，她们两姐妹已是父母双亡的人了。世界塌下来了，她需要姐姐撑起一个角，透透气。她第二次拿起电话，拨了两个数字，最终还是放弃，并且彻底打消了这个念头。理智告诉她，凌晨两点钟的电话是毫无意义的，只会破坏姐姐的好梦，更何况眼下并没有需要她帮忙处理的事情，省城这么远，一时半会儿也赶不回来，何必大半夜搅乱她一家子，等到早晨再打电话也不迟。

外面是持续了一个星期的滂沱大雨。山洪险情严峻，蔷薇的儿子正在一线办公，他已经一个星期没有回家了。儿媳妇和两个小孙子住在河对岸。大雨冲淡了父亲的死亡，人们都在祈祷大雨停歇。

蔷薇开始默默打点死者。给父亲梳头、洗面，最后一次为父亲抹身，换上了他最喜欢的套装，那是母亲生前给他买的生日礼物。蔷薇的短发渐渐凌乱，遮搭着半边脸，弯腰劳动的背影显得单薄而又虔诚。她还不知道悲伤，像往常照顾父亲那样，处理着现场的狼藉，平静地给殡仪馆打电话，条理清晰，一一安排好相关事务。

打点好这些，天还没亮，雨势依旧凶猛。房间里没有了父亲的呼吸，忽然间变得空空荡荡。空气里有一丝冰凉。她擦拭着全家福。父亲戴着眼镜，他脾性温和。短发母亲端庄大方，她曾经是这个家里的主心骨，也是单位里的一把手。可惜她已在五年前离世。蔷薇原本有机会和一个不错的男人发展关系，那一年儿子考上重点中学，她成为部门领导，但是母亲突然中风，她同时要照顾两个生病的老人，忙得连见面的时间都没有。

母亲住院三个月，姐姐来医院看过两回，每次都像领导视察，匆匆小聚，连夜驱车赶回省城，对每晚睡行军床陪伴母亲的蔷薇没有表现出一点愧疚。母亲出院后坐了几年轮椅，直到她去世，姐姐从没真正照顾过母亲，她很少回来，推轮椅陪母亲散步的时间也屈指可数。姐姐始终忙着运用她的知识与高智商打着她的投资经营大算盘，敞开钱袋子迎接大笔大笔的数目滚落进来。她那双白皙的、手背满是酒窝的手，是一件创造财富的完美工具。

蔷薇陪着父亲，想了些与父亲有关的事，而这些记忆又都与姐姐相关。姐姐远远地生活着，依旧影响着这个家庭。就像童年时，蔷薇照样崇拜姐姐，对姐姐的宽容超过了做母亲的。年近六十，退休已经提上日程，上了年纪才有的雀斑出现在皮肤上，她对此并不担忧。她不那么在意自己的外貌，五十岁上下就满头灰白，从不染发，也不化妆，连润唇膏这种女性必备的小东西也没有。

蔷薇总觉得人生有某种坚实的东西支撑着她。她像个超人一样，在孩子、单位、重病的父母之间灵活运转，将一切打理得顺畅妥帖。

是什么在支撑着她呢？

她长相普通，上的是一所普通的大学，在该结婚的年纪结了婚，一切按部就班。结婚前，会算命的大伯拿到男女双方的生辰八字，通过《易经》测算良辰吉日，诡异的是，没有一个可选的日子，就像一片汪洋之中，找不到一叶小舟。蔷薇不信这些，她要嫁给她爱的人。最终大伯以蔷薇的生日作为结婚日。不料结婚那天还是出了意外，人们将大桥堵得水泄不通，接亲的车队无法通过，只有弃车徒步，双脚被崭新的高跟鞋磨得满是血泡，洁白的婚纱裙摆沾满浊泥。

冥冥中有股力量在阻止她结婚，种种迹象预示着婚姻的不妙。这次婚姻果然并不如愿，丈夫婚后不久有了外遇，东窗事发，她在宽容和忍受之间痛苦地煎熬了几年，在儿子八岁时选择了离婚。那是九十年代，离婚并不普遍。她三十五岁了，已经是一个很有前途的干部，面临着新一轮提拔重用。她不再顾虑离婚可能对前途产生负面影响，决定走出痛苦，重建自我与生活。她没有时间再婚。失败的婚姻没有让事业连挫，她年年被评为先进。因离婚对孩子产生的愧疚，转化为更多的爱与付出。她春蚕吐丝，没有时间谈恋爱。也许在某个夜深人静的时刻有过一个闪念、一丝渴望，但那一点火星，不敌黑夜黏稠的疲倦，最终日复一日，缠裹在时间的琥珀中。

现在，她的行政级别已经到达这个城市的天花板。她是一个正直清廉的领导，在每一个工作岗位都留下了辉煌的政绩，她改变了这个城市的面貌，获得了老百姓的赞扬。在她的事迹中，除了保护古建筑，改变市容市貌，塑造城市精神,尤以力挽狂澜,平息因乡镇机构改革引发的一场临近爆发点的聚众游行而广为人知。她积攒的声誉、社会地位和个人价值,已不是姐姐能相比的。

蔷薇走到窗边。外面是无尽的黑。她想象后山中竹子被骤雨鞭打的情景。小时候父亲总会带她和姐姐到竹林里玩耍,姐姐离开之后,父亲就减少了去竹林的次数,偶尔和蔷薇在林中散步,嘴里说的也总是姐姐,他毫不掩饰对姐姐的偏爱,似乎是有意刺激蔷薇摆脱普通,像姐姐一样光彩夺目。

这本是春夏相交之际。风雨并没有缓解南方的潮湿与闷热。她感到有点冷,随手披了一件父亲的外套,回到死者身边。十几年悉心照料,父亲仿佛成了自己的一个孩子。她探手摸了摸父亲的额头,像石头一样冰冷。她又习惯性地给父亲披了披被子。风雨紧一阵,松一阵,一会儿逼近,一会儿逃逸。她不知道接下来该干什么。

她从床头柜与床头的缝隙间拾起父亲的写字本。这本硬壳本被写得满满的,歪歪扭扭的全是父亲的声音。他想吃的食物,身体哪里不舒服,他问姐姐什么时候回来,姐姐平安到家没有,姐姐来看他时的快乐,他继续在写字本上称赞姐姐……她一页页看下去,眼泪淌下来。她第一次发现,姐姐占据了写字本太多的空间,也占据着父亲的心灵和生活。蔷薇抹掉无声的眼泪，继续往下翻。她的名字一次也没有出现在本子上，她知道父亲和姐姐的聊天中，从来没有涉及她，他们谈的是柴米油盐以外的海阔天空，姐姐在经济方面的成就，姐姐的新房，姐姐的家庭，姐姐在海外的旅行见闻……

忽然，蔷薇读到父亲写下的一句话，她往后翻了一页，后面是无尽的空白。

颤颤巍巍的字迹。这是父亲生前最后的话，是写给蔷薇一个人的。

这句话深深地熨进蔷薇的心，她紧握着父亲搁放胸前的手，伏低额头，久久没有抬身。

蔷薇打通了前夫的电话，他们在共同抚养儿子的过程中，已经成为朋友。

"爸爸今晚走了。我不想一个人待着。"离婚二十年后，她第一次对前夫发出邀请，表现心理依赖。

前夫很快就出现在这个房子里，好像他原本就在楼下等着似的。

"你通知牡丹了没有？"前夫问道，心里想她这回总该来尽一尽做女儿的责任了吧。他看到着装体面、双手搁在胸前的死者，知道蔷薇已经独自料理好一切。他不知道还有什么是她不能独自完成的。几年前她送走了母亲，她分裂成两个人,一个负责悲伤,一个处理现实:应对葬礼,招呼亲朋好友。她有充分的经验面对死者,面对分离。她是一个不倒翁,纤瘦的身体里生长着坚韧的意志,从不诉苦,而且,她并不觉得有什么苦可言。他由年轻时对她的不满,转为佩服与欣赏。

蔷薇的回答并不出乎前夫的意料。她怕搅了姐姐一家人的好梦。她总是在替别人着想。他了解蔷薇,这是她对姐姐一贯的态度,她也是这么对待周遭的。前夫心中为她不平,眼见着照顾老人的重担全部落在她的肩头,而那个做姐姐的难得回来一趟,用远方的礼品和欢声笑语填补她的缺席,然后钻进黑光发亮的高档轿车绝尘而去。在老人瘫痪的十四年中,姐妹俩已经形成了这样的默契,一个心甘情愿,一个乐享其成,或者说这种相处模式,在她们的成长过程中就成形了。

有一件事蔷薇并不知情,在某种程度上,正是她的过分要强、过分独立、过分为他人着想的性格,将前夫推向了陌生,因为这让一个男人觉得自己不被需要,心生无用感,无法表现男子气概,而另一个女人满足了他的心理,成就了他的强大。明白了这一层,就容易理解前夫为什么出轨于一个比蔷薇弱很多的女人。

不过,前夫也没能跟那个女人过下去,他们甚至都没有结婚。前夫没和任何人再婚。在两个老人同时生病时,他很

几年前她送走了母亲,她分裂成两个人,
一个负责悲伤,一个处理现实……

大程度上承担了照顾儿子的责任,也多次帮蔷薇照看老人,尤其是在她出差的时候。这是不为人知的。他和她比任何时候都更像一家人,默契、理解、有求必应。蔷薇都记在心里,对前夫充满感激,但她从没表露。事实上,随着时间的推移,前夫出轨对她造成的伤害也在渐渐淡化,或者说,是她的观念发生了变化,随着生活阅历的累积,她不那么认同年轻时的自己。她不后悔嫁给他,她没看错人,所谓没有良辰吉日可选的八字不合,那只是文字游戏。

蔷薇把写字本递给前夫,他读到老人生前写下的最后一句话:"满女,爸爸为你感到骄傲。"

与此同时,她轻声地哭了起来,像小时候被姐姐讲的恐怖故事吓到了一样。

满头灰白的前夫犹疑着,最终将手压在她的肩头,仿佛稳住一个乱颤的物件。

"我知道,你一直在等爸爸这句话。"他语气缓慢,"其实,我也为你感到骄傲,儿子也是。"

早上八点多,去殡仪馆的路上遭遇了几天以来最最猛烈的狂风暴雨。车身陷在轰鸣声中。雨刷器开到极速仍然看不清道路,所有车不得不停在路中。蔷薇担心在抗洪一线的儿子,她还没告诉他家中的不幸。暴雨增加了溃堤的危险,她脑海里浮现出儿子被洪水卷走的瞬间。她紧攥的双手，如小鸟缠来斗去。前夫用一只大手轻轻握住这两只不安的小鸟。

这个糟糕的形势持续了十五分钟，雨骤然打住。世界跌入海底，又瞬间浮出水面，随之打捞出人声、车声，欢呼、希望。久违的太阳也从云层中伸出了手臂，化作道道霞光。

濯洗后的城市焕发出新润的光泽。

这是她人生中最放松的一刻，任由疲惫爬上眼皮，在拥堵的公路上睡着了，直到被手机振动铃惊醒，是姐姐打来的。她还是那种讲恐怖故事唬人的声音，说暴雨耽误了行程，但无论如何会在十二点前赶到。

"我们在去殡仪馆的路上。你别担心，一切都安排好了。"蔷薇是这么说的，"你们慢点开车，注意安全。"她本能地替姐姐着想，有什么必要"赶"？现在连她本人也无事可做，前夫过来以后就接过了所有事情。他一刻也没离开过她。姐姐根本不用着急"赶"回来，明天早上八点才开追思会，父亲一定会耐心地等着，见她最后一面的。

姐姐每次回来都火急火燎的，身在这里，心在那里，焦虑不安地惦记着重要的生意会面、讨论会、拍卖会。蔷薇真的希望姐姐这一次把那边的事情安排好，在家里安心待几天，她们现在是没有父母的人了，她需要和姐姐一起回忆他们，怀念他们，还有如何处理父母的房产、存款，那不是一笔小数目。

"你为什么不早点通知我……"姐姐突然哽咽起来，"我多想在爸爸活着的时候见他一面，再跟他说一说话……"

"上个月爸爸出现过不好的情况，你说过来，但是被一些事情缠住了，脱不开身。"蔷薇低声说道，"他是毫无征兆地，突然就走了，在家里都没有送到爸爸的终，我也很难过……"

也许不想别人听到她哭，姐姐挂掉了电话。蔷薇不放心，给姐姐编发信息，告诉她父亲走得很安详，没有任何痛苦，他终于和母亲在一起了。这时，儿子的信息跳到屏幕，说险情已经解除，今天撤离一线办公，他可以回家了。蔷薇悬着的心落下地来，原本一直瞒着儿子，因为山洪关乎千千万万生命的安全，她不愿儿子在洪险的紧要关头离开阵地回来奔丧，这会儿才对儿子说出实情。

洁白的灵堂，一个挨一个。墙壁上铺满了白玫瑰。隔壁在开追思会，人头攒动。父亲躺在雪白的鲜花丛中，安静、清冷。前夫去照相馆弄好了父亲的遗像，端端正正地挂在灵堂中央。父亲瘫痪以后，没有像样的照片。那是从全家福里裁下来的。他戴着眼镜，嘴角浮起一丝浅笑。蔷薇记得，在全家福中，父亲的双手落放在姐姐小小的双肩上，一只手淹没在姐姐的长发中。姐姐昂着一脸娇宠，注视着镜头。

姐姐一家是中午十二点到的。她还是一头蓬松的长发，一身黑色西装套裙，衬得皮肤更白。她先是站在花棺边，默默地端详死者，慢慢地弯下腰，摸了摸死者的额头，最后抓住死者胸前苍白僵硬的手，尽量克制悲伤。她温文尔雅的丈夫轻轻揽住她的肩膀，他们是真正的所谓天作之合。儿孙也表现出失去亲人时应有的情感，不失分寸。没有人号啕大哭。蔷薇也没有。

姐姐一家的出场，让蔷薇想到离婚时父母对她的指责，说她处理婚姻没有姐姐的智慧。姐姐每次回家，他们幸福的气场都会对蔷薇造成很大的压力。她曾经愚蠢地打算和一个丧偶的同学组成家庭，各自都有孩子，无所谓爱情，能凑到一起互相取暖，把生活的圈画圆就行了，但最终因家庭财产支配上分歧太大而放弃，她不能接受对方连前夫给儿子的抚养费都要平分。

等姐姐落完泪，整理好仪容，大家一起去吃饭，饭后姐姐一家留在酒店休息。

晚上七点多，姐姐才来到殡仪馆，打算和蔷薇一起陪伴父亲。她不喜欢硬座椅，直到专门弄来一把软椅，屁股落座之后才能从容说话。她感慨万千，情深处泪眼婆娑，同时又能理性地处理业务，一会儿回复信息，一会儿接通电话，父亲的灵堂成了她的临时办公点。她的情绪在悲伤与工作之间自由切换，没有丢失半分优雅。

蔷薇依然佩服姐姐。

在姐姐回信息和打电话时，她就静静地看着死者。

陆续有几个好友过来，希望陪蔷薇守灵，她都婉拒了，其他家人亲戚也都被她打发回家，她只想和姐姐两个人陪着父亲。自姐姐十五岁考上名牌大学以后，她就很少有机会能和姐姐单独相处。姐姐的头发染黑了，涂了一种散发自然光泽的发油，她看上去比蔷薇年轻十岁。蔷薇喜欢姐姐那象征年轻与活力的长发，它蓬蓬松松地披在一个六十岁女人的肩头毫不违和。她一直觉得是姐姐在替她幸福地活着。

直到晚上十点多，姐姐的手机才真正安静下来，终于到了握手谈心的好时机，姐妹俩却都感到了一股强烈的困倦，勉强聊了聊家里的事、病中的父母，蔷薇对其中的艰难轻描淡写。姐姐不时用手掩嘴打哈欠，随着夜的深入，她的眼圈渐渐红了起来，面部肌肉也有下垮的趋势，可见她是没有熬夜习惯的。而蔷薇这十几年，每天都要半夜起来照顾病人，脸上反正是枯黄焦瘦的。

"你快回酒店睡觉去吧。"渐深渐黑的夜像一个吸血鬼在一点点吸走姐姐的生命活力，蔷薇不忍姐姐在困倦中煎熬，撒谎说晚点会有几个朋友过来，叫她不用担心。

姐姐强撑了一会儿就离开了。

蔷薇一个人在父亲身边守了一夜。

第二天的追思会由父亲的老朋友主持。他回顾了父亲的一生，称赞他培养了两个出色的女儿，重点表扬十五岁考上名牌大学的姐姐，姐姐作为家属发言。她休息得很好，对于外表从不马虎，并不会因为父亲的离世，弄出不修边幅的悲痛样。她换了一套不同款式的黑衣，胸前的小白花别在十分妥帖的位置。她描述了与父亲有关的两三个感人故事，哽咽着，用纸巾小心揩拭眼泪，感恩父亲的培育。

"我特别要感谢我的妹妹。"姐姐的手拂开额前头发，眼睛红红的，望向站在前排的蔷薇，"这么多年，一直是她在父母身边，照顾他们，尤其是他们生病的时候。妹妹分担了我所应该承担的责任。她说过一句最让我感动的话，她说：'姐姐，既然这些事已经搅乱了一个家庭，就让我来应对，没必要再搅乱你的生活。'"

葬礼结束，姐姐像往常一样连夜驱车回省城。父亲所有的遗产中，她只拿走了那个写字本。

短篇
4

圣诞快乐，劳伦斯先生

不知道老者从哪里冒出来的。他连人带车倒在车前的时候，春眠脑袋里的客厅正亮着灯，照耀着父亲鼻孔插管的样子。她想，如果把父亲送到省城的大医院，也许这会儿他还活着。

客厅的灯被老者撞短了路。

春眠摸黑似的，战战兢兢地下了车，以为会看到一地血。但雨水洗过的沥青路面干干净净，黑得清新。老者一身灰不溜秋，倒在距车头约两尺的地方，身上没有流血的豁口，只是脚踝肿了，肿得夸张。他拖着那条受伤的腿往前爬了几步，倒在车轮边，好像那里更舒适一些。

春眠下意识地扭头看车。这是她离婚后买下的黑色宝马。以她的经济能力，本不该用这么好的车，但她要报复与前夫一起度过的糟糕生活。离婚使她意识到自己是一个独立的个体，女人也应该有自己的王国。于是，剪掉了胆小的兔尾巴，短发随风扬起时，仿佛充满了对过去的不屑。

车子没有熄火。坂本龙一的《圣诞快乐，劳伦斯先生》正在播放，旋律从感伤走向激烈。急骤的叠音循环着，将一切推向高峰，推向幻灭。

这像极了春眠的生活。她原本只胡乱听些庸俗的流行乐，坂本龙一去世引起的轰动激起了她的好奇心。第一次接触《圣诞快乐，劳伦斯先生》，她就被击中了。从家里开车到单位，是此曲重复播放四次的距离。自此，她的车里不再有别的音乐。

春眠脑袋里白雾茫茫，但已经知道怎么运转舌头。由于惊魂未定，她的声音变得无比轻柔。

老人家，您本应该原地不动，您这样破坏了现场，不太好划分责任呢。

老者靠着车头的身体很有归宿感，脸上是一种古怪的从容，似乎正享受着某种生活的馈赠。

也许是疼痛使他闭上了眼睛，他没有正式看她一眼。

老者的样子，让春眠想起父亲。父亲在世时也是这么灰蒙蒙的。他一直教导她做一个循规蹈矩的好人，贤良淑德。她听从父亲的意思，做了一名中学老师。可她从来不喜欢教学，学生不听话也令她厌烦。后来，终于调到了机关部门，每天见到的都是高级领导，有的低调亲民，有的装腔作势。他们通常在这里完成人生的最后一次提拔，获得更好的待遇后退休。四十岁的春眠，在他们眼里是个小姑娘，没什么分量的小姑娘。春眠在这里不怎么快乐，也不怎么厌烦。直到认识了觉晓，两人从同事关系发展为好朋友。

春眠那个六神无主的电话是打给觉晓的。她听从了觉晓的建议，报案、报险、送老者去医院，救人要紧，反正买了车险，赔付由保险公司承担。

但老者不肯配合，像口香糖一样粘在车头。

老人家，我得带您去医院，检查、治疗。您这样躺着，解决不了任何问题。而且，我还要上班，单位有一堆事情要处理，我们彼此理解一下吧。春眠好言相劝。

老者照旧不动。

春眠不得不叫路人帮忙，将老者塞进车里，驱车前往中心医院，这里有相熟的医生。

挂号、检查、拍片，春眠推着轮椅上的老者在医院里上下奔走，仿佛患者亲属。当老者像脏物般终于被堆放在洁白的病床上，已经是午饭时分。春眠叫老者通知家人，给他送住院的生活用品和衣服，照顾他吃饭，等等。

老者说自己没有家人，也没钱吃饭。

可是，我没有责任管您这些事情，老人家。春眠说道，您得自己想办法找人来帮您。

要不是你们这些当官的，连开车的时候眼里都看不见人，我何至于躺在这里，忍受骨折疼痛？要不是你们这些当官的不长眼睛，这会儿，我早就骑着电摩到了秀峰湖公园，快活地下象棋了。老者哑着嗓子说道。

老者口口声声"当官的"，这使春眠心里微微震动，漾起异样的甘甜。她寻思着，自己哪一点像当官的。也许是因为着装？她穿的深蓝色小西装和过膝短裙，是前不久和觉晓一起在商场挑的，看上去显得干练。也许是因为宝马车？她倒是挺爱这台车的。新车第一次出现划痕时，仿佛看见鬓角第一根白发，触目惊心。现在，她已经习惯了相继出现的白发，但她从来没有撞过人。

我不是当官的。这话春眠没有说出来，她节省了这种解释，就让老者这么认为，自己顺势当一回官，有什么所谓？

老人家，我觉得吧，当事人都有责任，至于谁的责任更大，交警那边会有一个公正的裁定。说话间，春眠已有了官样。在单位耳濡目染，她甚至都不需要刻意假装。

除非你们官官相护。老者嘟囔了一句。

春眠不想辩驳，一时间不知道拿老者怎么办。本想先回单位，出病房时却改变了主意，到了医院旁边的小商店。这种与医院相伴而生的铺面什么都卖，廉价而缤纷。春眠给老者挑了脸盆、毛巾、牙膏、牙刷、肥皂、纸巾、换洗的睡衣，又在隔壁买了一份辣椒炒肉的盒饭。做这些时，她想起了父亲。父亲住院时，就喜欢吃辣椒炒肉。

老者面无表情地收下衣物，没有道谢。在他看来，这都是肇事者应做的、受害者应得的。吃盒饭时，他还抱怨肉太硬了。

床头新插着一张手写病卡。分行的患者信息，仿佛一首诗：

18床
赵夜来
男
65岁
粉碎性骨折

春眠的心里是愧疚的。她知道，这对一位老者来说，的确算得上是飞来横祸，被剥夺了在公园下棋的自由，还要承受骨折的疼痛。谢天谢地，他还活着，只伤了脚踝，整个人没有像玻璃般破碎一地。

春眠给了老者一千块钱，然后出去给自己寻口吃的。

"茶多喝"小馆石墙裸露，有股侘寂风，里头只播放八九十年代的怀旧经典歌曲。对春眠而言，这里的氛围就像子宫，能使她回到生命最初的舒适。她和觉晓经常来这里消磨时间。年轻的老板来自广东，一个人运营全店。他戴着眼镜，不做日常闲聊，开口便是尼采式的名言警句。一个来自经济前沿地区的人，反倒跑到八线小城来做营生，个中定有曲折。春眠作为老顾客，也没有打探出一星半点，只知道他姓林，过来十年，学了一口地道的益阳话。

小馆子里总有一股无形的力量，教人超脱。仿佛在说，生活中有些谜底不一定非得揭开。身体陷进柔软的布艺沙发，春眠的内心瞬间通透起来。她点了安化黑茶、辣鸡脚、拍黄瓜。她只吃得下这些东西。温润的黑茶下肚，冲散了上午的惊吓、焦虑与劳累。她仔细回想与老者相撞的瞬间，记忆像被删除了似的，无法复原。

小馆里静得反常。

播点什么来听听吧。春眠意识到今天没有音乐。

半响，屋子里雪花般飘起了《圣诞快乐，劳伦斯先生》。

春眠吃了一惊，仿佛被人窥见了自己内心的秘密，一只手不由得捂在了胸口。

你知道这个？小林老板头一回主动说话，他脸色平静得可怕，身体似乎在衣服里萎垮了。

坂本龙一。他死了。

这就是春眠知道的全部,她没有描述自己对这首曲子的感觉与理解。

我说的是电影,电影——*Merry Christmas, Mr. Lawrence*。日本的电影,大岛渚执导,坂本龙一配乐。一名日本陆军大尉,爱上了战俘收容所的英国陆军少佐,最后又不得不处死了他。小林老板的英语发音不赖。

两个都是男的?春眠那八线小城的思维跟不上节奏。

是。你也无法理解,对吧。小林老板的奇特在于,即便他说着地道的益阳话,也像来自另一个世界。

我不知道。春眠老老实实地说。她的精神圈子很小,不跨省,甚至都不会溢出八线小城,更不可能涉及外国时髦的情感话题。

我喜欢这首曲子。

我也喜欢。

每个人听它的感受,肯定不完全相同。

那是。

你之前说,想有一间这样的奶茶店,我打算转让它。

为什么?

我要回广东了。

如果说春眠想有一家奶茶店,倒不如说她向往那样一种生活方式：不需要多么赚钱，远离写不完的公文、打不完的电话，不用每天小心翼翼地察言观色、斟字酌句，努力不得罪单位任何人。只要能在这个小地方安放身体和灵魂，日子就能像某首诗里写的那样：在花园里拔草，直起腰来，便看见蔚蓝色的大海——开一个奶茶店，就是实现这种生活的途径。

机会就像一枚果子落在眼前，春眠没来得及考虑是否捡拾，医院的电话就来了。他们需要她和病人一起商量后确定治疗方案，不能拖延。春眠开车回到医院。老者正在和主治医生聊天，似乎心情不错，看见春眠，立刻换上一副非常受罪的神色。

主治医生描述了两种治疗方案：一是做手术，用钢钉固定，优点是好得快，个把月就能出院；二是保守治疗，自然愈合，过程会长一点。

我不做手术。老者说道，我这把年纪，不能做手术。

不做手术？老人家，您没有家人关心照顾，脚又免不了移动，有可能一两年都好不了。春眠暗自着急，她可不想在这件事拖上那么久。

你得给我请护工，老者不急不躁。你把我撞成这样，你就得负责，直到我完全康复。

我肯定会尽我的责任，但是您难道不想早点治好，少受些罪吗?老者的口气让春眠害怕,似乎是铁了心将余生绑定她。您不想早些自由自在地去公园下象棋吗?

护工二百六十元一天。如果老者长期养病,保险公司的赔偿有限,那么春眠每个月的工资连护工费都不够。

老者将被单扯到脖颈下,舒服地闭上了眼睛。

春眠这才感觉到屋里空调很凉,不觉打了个寒噤。双脚陷进淤泥,难以脱身的恐惧促使她向觉晓求助,她的侄子是交警队长,负责这个片区。春眠需要立刻知道事故责任情况,如果她不是全责,老者就会顾忌自己的开销。

春眠很快获得了回复。听完电话那头的描述,她怔住了。

平台上热烘烘的。医院的空调外机集体轰鸣,使空气变得更加灼热难耐。

她望着远处灰蒙蒙的屋顶,第一次看到屋顶上有那么多管道、风口,一起朝着天空排放着废气。

她徘徊良久。

这一次,春眠没有听从觉晓的建议,她走进病房,再次与老者沟通。

老人家,如果您不愿动手术也可以。只是您要有心理准备,这次事故是大车碰小车,大车最多百分之七十的责任。也就是说,所有的费用,您自己要承担百分之三十。比如请护工的话，您自己每天要承担七十八元。

老者坐了起来。

而且，您的摩托车没有牌照，也没有买保险，这样子的话……

我是啥也没有。你撞了我，你就得出全部费用。老者一副不讲理的架势。

老人家，如果您一定要请护工，我这里先给您交五千，但是，这笔钱会从赔偿金里扣除的。

我不管，你是领导，你有权力去协调。

春眠定定地看着老者，再次想起父亲。父亲住院时也是这么耍赖的。他失智后，胡言乱语，像个孩子。

春眠没和老者争执，而是变得更有耐心。

另外，老人家，如果在这里动手术的话，费用很贵，至少七八万，加上其他补偿，保险公司不会赔这么大的数目。我建议转到三医院去，那里手术费便宜。而且，因为您是五保户，从社会道义上来讲，您应该能得到帮助，我愿意去协调，争取判我全责，承担百分百的责任，和保险公司商谈，请他们受理。这样的话，您就一分钱都不用付了。来年我的保险费会因此上涨，但没有关系。

老者慢慢躺下去，暗自琢磨与权衡。

似乎永远等不到结果。

老人家，您好好考虑一下吧，我先回去了。春眠举步向外。

好歹要给我一根拐杖吧？

听见身后老者的话，春眠微微一笑，疾步离开了医院。

春眠刚走，老者便轰走了护工，腋下撑根拐杖，活动自如。但只要春眠出现，他的状况就会变坏，甚至需要她搭把手才能坐起来。他嘴里老是说"你们这些当官的"，似乎找到了过去生活中种种不快的源头，抓住就不愿放手。

转院时，老者坐在轮椅上，被春眠推着，如沐春风。他身上穿着春眠送给他的衣服、拖鞋，入院三天，就像换了一个人似的，有种见多识广的朝气。春眠在三医院的熟人更多，事事绿灯，连带对老者也是客气的，嘘寒问暖、宾至如归。

老者的脚踝肿得厉害，会影响手术操作和恢复，要等消肿后才能进行。老者倒是无所谓，外面没有他急着要办的事，也没有离不开他的人，他无所事事，只管悠闲地和病友谈棋论道。但对春眠来说，这增加了更多麻烦和压力。在等待消肿的几天里，她正常上班，但总会抽时间来看老者，给他买水果、牛奶，如果碰巧在外面吃大餐，还会给老者打包，有些东西是他这辈子没尝过的，惹得病友羡慕不已。

　　这是一个小手术，时间很短，但春眠仍在手术室外等着。她在网上看过关于孤独的十个等级，比如一个人吃饭，一个人看电影，其中最高级别的孤独，就是一个人做手术。春眠想，如果在这种孤独前再加上"老年"，孤独将会更上一级。她想到父亲，母亲去世后，父亲就一个人吃饭，一个人走路，后来，一个人躺在病房里。当时的她正被自己的婚姻、孩子、工作搅得焦头烂额，几乎匀不出时间给父亲，甚至不能准备一份好的心情。

　　想到这些，春眠很不好受。

　　医生一出手术室，就将轮椅与老者交给春眠，以便腾出手来配合发表重要的医嘱演说。这些话既是对患者说的，也是对照顾患者的人说的。比如说术后注意事项，多久吃一次止痛药，多久冷敷一次，如何活动脚趾以防止血栓，等等。

　　春眠将老者推回病房，扶他上床躺好，摆了一杯水在床头柜上。

　　空调温度恰到好处。

　　您感觉怎么样？她想不出该聊些什么。

　　你用刀子切开你的腿试试，挺舒服的。老者的样子很痛苦，而眼前的肇事者，过于云淡风轻。

父亲失智后，也总是气呼呼的，不好好说话，只能不断地哄他。

老人家，让您受罪了。接下来您好好休养，听医生的建议，注意康复保健。有什么情况，您随时打我电话。

术后连续两个星期，春眠给老者送鸡汤、鱼汤，补充营养。医生认为病人恢复得不错，几次建议回家休养，因为躺在家里和躺在医院是一样的。没有保险赔付的人，通常术后一周就会出院。

春眠决定与老者商量。

老者正躺在床上看抗日电视剧。裹着纱布打着钢板的腿，搁在床尾栏杆上，像一枚大炮瞄准电视机。

春眠刚提出院之事，老者便对医生破口大骂。

老人家，您的脚恢复得不错，接下来主要是靠您自己慢慢养。您拄着拐杖能自由活动，去公园下下棋什么的。实话说，您在医院多待一天，我这边就要多付一天的费用——关键是没有这个必要。

我不出院。

您不出院，我的生活也回不到正轨。这件事该了结了。

我不管，我得等双脚能走才出院。

早上，春眠给老者带了早餐，豆浆、油条、鸡蛋。老者慢慢享用，没挑出什么毛病。空调病房凉爽宜人，丝毫感觉不到外面的高温潮热。春眠注意到老者气色很好，脸上胖了些，皮肤也白了不少，竟有点养尊处优的感觉。

春眠决定跟他摊牌。

老人家，关于出院，我尊重您的个人想法。见老者吃完早餐，在空调下舒舒服服地倒下去，一副天塌下来也不关他事的样子，春眠耐心做他的思想工作。您晓得吧，交通责任书，我还一直没让交警那边下，也就是说，在电脑中，您还是有百分之三十责任的。您可以不出院。我反正有一百万的保险，足够您住一年的，您愿意住，就住着。但我得提醒您，您要想清楚，您自己付百分之三十，划不划算。

不是说了，你全责吗？怎么到现在都没下责任书？是你把我撞成这样，我可是没有钱……

老人家，我说了，您现在出院，全部由我承担。不然，我也无能为力。

老者环顾四周，仿佛在空气里寻找答案。他已经习惯了这里的温度，熟悉了这里的生活——认识了医生、护士、病友，张口就来的饭菜、下午五点从窗口插入病房的斜阳，永看不厌的电视节目。

老人家，我现在就通知交警那边下责任书。他们会以信息的方式发到您的手机里，再给您邮寄纸质材料。春眠拿出手机，准备打电话。

出院啊，出院可以。老者感觉春眠要动真格的，用很大的声音干扰她与人联络。我要确保腿没有问题，搞一个伤残鉴定，再做个全面检查。

没问题。春眠同意。她推着轮椅，再次带老者检查、拍片，将治疗总结报告放到老者手中，准备结账出院。

春眠以为事情就此告一段落，没想到老者要求得送他回家。春眠也照办。他家住六楼，没有电梯。春眠叫了两个朋友，将老者抬上楼去。

老者的家中比想象中的好，甚至算得上宽裕。屋内摆设得井井有条，阳台盆景开花的开花，长叶的长叶，一切都像有女主人打理的样子。

客厅不大，墙壁上挂着一组家庭照片，显示老者家庭完整，有儿孙。

春眠满脸狐疑。

老者不慌不忙，进屋后，就按下音箱开关。

熟悉的旋律，仿佛从遥远的地底深入传来，令春眠一阵心悸。

正是那首《圣诞快乐，劳伦斯先生》。

儿子喜欢这首曲子，每次过来都要播。老者低下头来，仿佛听得入迷。劳动节那天，他们开车出去度假，高速公路塌方，几十辆车子掉下去了……豆腐渣工程。你们当官的……

我不是当官的。春眠轻轻地澄清，她不知道自己是否发出了声音。

春眠原本想好给老者拍一段视频，请他读一遍医院鉴定书，声明自己愿意接受这个结果，将来身体有任何问题，都与她许春眠无关，但老者惨痛的经历使她打消了这个念头。她想起了父亲，父亲是被他儿子的英年早逝击垮的。父亲没有来自音乐的慰藉。

春眠忽然觉得屋子里空荡荡的。她望着老者，瞬间眼泪充盈。

在"茶多喝"老地方坐下，小林老板掀开柜台面板走出来，神情颓败。问春眠与觉晓，是不是照旧要黑茶和辣鸡脚，得到答复，便转身回了操作区。

屋里依旧是雪花般飘散的《圣诞快乐，劳伦斯先生》。

春眠，我当时就跟你讲了，监控调查显示，你的车根本就没挨到他，你只要当场戳穿他的把戏，就什么事也没有了。你不听我的，竟然还伺候他住院，付医药费……我知道，你心地善良，但这次善良过头了。你瞧瞧他是怎么得寸进尺的。觉晓打心眼里赞赏春眠的为人，但也心疼她被人利用了好心。

我当时想,他那么做,一定是被生活逼到了绝境。春眠说道,我不想揭穿他,无论如何,人都是有尊严的。

他那样嫁祸于你,你还替他说话。

出院我送他回家后,他说了实话。脚是他自己前一天骑电摩摔坏的。那天是他儿子的生日,他骑车去了儿子过去上学的地方,跌进了施工路面的深沟。

他不是没有家人吗?

还记得那次高速公路坍塌的事故吗?他的家人在同一台车里。

都没了?觉晓倒抽了一口冷气。

春眠点点头。

两个女人沉默的时候,小林老板过来上茶。

店面转让,你考虑好没有?小林老板把茶放桌面,顺便问春眠。

你的店转让?经营得这么好,为什么要放弃?觉晓很惊讶。

我没有继续留在这里的理由了。小林老板说道。

那此前的理由是什么?如果你方便说的话……觉晓问。

为了我的爱人……

春眠一惊,想到坂本龙一,想到小林老板谈过的那部电影。

现在，人不在了，我也就没必要在这里了。小林老板淡淡地说罢，返回操作间。

你爱人去哪里了？春眠追问。

死了。

《圣诞快乐，劳伦斯先生》的旋律从感伤走向激烈，急骤的叠音循环着，将一切推向高峰。

寂静，直到一曲终结。

我一直在想，退休后找点什么事做。觉晓率先打破沉默。经营一间这样的奶茶店，似乎是个不错的机会，但得有个搭档。

春眠望着觉晓，眼里闪现欣喜与晶莹的光。

短篇 5

她母亲的故事

1

假定她的脑子里印刻着与母亲有关的细节，日常一幕便是她母亲站在那面布满锈斑蝇屎的镜子前梳头。那是个远比其身体强大坚韧的女人，总是梳着两把短刷子，像一个"八"字写在后脑勺，只要它们长过大拇指，她就用那把剪过绳子、裤脚、猪皮、脚指甲、鸡食袋、鱼肚子的生锈剪刀咔嚓咔嚓修理掉多余的部分。那条公正的中分线将黑顺的头发一分为二，她从不偏袒哪一边。她就是这么干净利落地梳头，干净利落地做事。她知道怎么用草药治疗疮，用唾沫消毒，用白酒搓身体退烧，用烟灰撒在伤口止血，用牙膏抹在烫伤的地方止疼……但生活于她总是拖泥带水，她拗不过命。值得用几亩地的篇幅来说说这个女人，像插秧一样将有关她的一切一蔸一蔸插进水田里，让她绿油油的生命重新鲜活。

一九七六年九月八日，敛了一夏威风的秋老虎将酷热集中释放，凝聚成火球扔到村子上空烘烤着庄稼与生活，覆在屋顶的稻草干枯得连麻雀落上去都会碎成草屑，因而鸟起鸟落时屋顶浮起小团的尘灰。茅草屋被一把大火抹掉的情况并不罕见，那种转瞬即逝的火势是承载不了惊讶与欣赏的。她就是在这种茅草屋里出生的。她家肥矮的茅草房远看就像一头伏地打盹的狮子，黄色的狮毛垂下来，麻雀在毛丛中啄来啄去；近看却有些野趣，几丛绿草生长其间，间或开着小白花。

多年后那些场景会有人记得：后院，她父亲咬紧牙关凿刻墓碑，一把铁钎将他和石碑焊接在一起，锤打着山林里过于无聊的寂静，凿击声一下接一下平静笃定，仿佛在呼应妻子的难产，击打出秩序与节奏，又似乎是在使劲将胎儿凿出来。汗水浸湿了他紧扣脑袋的帽檐，汗水与暗黄的脸色混为一体，正如产妇此刻的汗水浸湿那床同样暗黄的凉席。

2

杨医生是一所流动的医院，他肩挎棕皮箱昂首挺胸东奔西走，惊得小鸟逃飞溪水乱撞。她母亲经常与杨医生隔空对话，总要请他完事到她家来，她丈夫身体出现了状况。杨医生用他软胶一样富有弹性、捏得出形状的声音应答，从不爽约。

天蓝得嗞嗞地响，溪水冒着白烟。她母亲多次注视杨医生的身影隐入树林，长长的溪岸恢复平静美得像画，但她还是会叹气。

杨医生本来也只是个种田的，因他爷爷赶种猪有经验，将母猪配种法传授给他父亲，在上世纪六十年代，食物短缺，猪肉产量少，猪的生产跟不上，他父亲凭着祖传的配种法让很多母猪怀了孕，而且一胎数崽，解决了猪肉问题，他父亲评上了"先进生产者"，杨家便被认定为医学世家。医学世家的后代天然符合赤脚医生的选拔条件。因此，杨医生被选去参加集体培训，三个月后就成了赤脚医生。这时他已经三十好几，老婆生产时遇了难，成了老光棍，看不看病都背着箱子到处走，一副全心全意为人民服务的样子。人们私下说杨医生是个老色鬼，无非是借看病的便利找女人下种，就算讨不到老婆也能养个王八羔子，甚至于他摸过哪个女人的胸、上过哪个女人的床，都说得有名有姓。医生进到病人卧室，对病人摸手摸胸这样的事情，谁又能说得清是看病诊断，还是猥亵调情——至少金家人不相信那些谣言，因此杨医生在金家自信自在，逗留时间总久一点，相交也比别人要深一点。

每当杨医生要来，她母亲便煮好开水，拿出珍藏的茶叶，她父亲也将舍不得抽的香烟摆在桌子上，掏尽家底接待他。杨医生喝茶抽烟意满自得，滔滔不绝地谈论他的病人，谁见好转谁没起色，似乎对每个病人尽了职责，胸前勋章累累。要是她的父亲聊到庄稼，说些亩产量过低的原因、农药化肥的使用等话题，杨医生就好像从没种过田似的，用些外行话显示自己与种田的差别。她的父亲只好撕扯手上的死皮，抠着指甲里的黑灰，惦记着没完工的碑文。

杨医生颧骨两堆肉，头发稀拉拉软塌塌，顶上基本全秃，中心顽固地生长着一撮毛，就像湖水环绕中长着荒草的孤岛。他堆在竹椅上的矮胖身体透出一种疲惫感，苍白松弛的皮肤随嘴巴扯动，眼仁小得像黄豆，眼睛却很有神，尤其是在看她母亲的时候，会比平时亮出几分。

杨医生以医生和朋友的口吻劝她的父亲不要太霸蛮，一个人要在队里挣工分，又要刻碑帮死人，机器都要加油何况是血肉之躯。他也很熟络地省去她母亲的姓，单喊"九妹"，寒暄热场烟足茶毕，杨医生才翻开箱盖，从药堆里摸出银光闪闪的听诊器，像模像样地工作起来。

她母亲姓苗，排行第九，所以叫九妹。兄弟姐妹中有两个饿死，一个生天花死，一个掉水里淹死。到苗九妹懂事时，她的大舅得肺结核死了，六姨得脑膜炎没了，四姨命不好，嫁个男的爱喝酒又打人，揍得她受不了时跳进了溪里头，漂到金家门口自报死讯。苗九妹最终只剩一个哥哥，名叫苗七娃——就是这个人后来将她的命运朝坏里推了一把。

医药箱上的"十"字绛红色。听诊器闪着凛凛银光。杨医生认得药箱里所有的药，他能将每种药物的功能说得头头是道。一个洗脚上田的人培训三个月就敢给人开药治病，无疑是很勇敢的。村里人也挺配合，牛的病绝不超过杨医生药箱的范围——至少杨医生的诊断是这样的——都是些消炎解毒，治感冒发烧、腹泻痢疾的。有的病人突然瘫痪，之前又没请杨医生看过病，因此肯定不是杨医生治的，这一点大家都不怀疑。他走村治病这些年没出过医疗事故，治好了不少感冒、拉肚子、打摆子的——且靠这只棕皮箱很快养成了医学世家的派头，老要提起上岗培训的光荣，什么医学老师之类的话，像是正经从医科大学毕业的。

杨医生听心律，瞧舌苔，看眼白，把脉，问询，完成这套程序，诊断她父亲属于心火重，胃火热，肺火躁，肝火毒，开出两盒牛黄解毒丸，说要忌辛辣，一边收拾器具合上箱盖，一边张大嘴巴背诵食疗法："白萝卜绿豆降胃火；糖梨汁野菊花清肝火；莲子百合去心火；罗汉果润肠通便，清肺止咳。人体缺什么，就吃什么，吃肝养肝，吃猪脑补猪脑……"

她父亲说他的猪脑子没什么好补的。杨医生意识到自己话里有错，顿时发出击石取火般的快活笑声。她母亲跟着笑，说不是干部家庭，猪油都难得到口，哪里还有猪肝猪脑。自己吃什么都无所谓，只要胎儿健康。杨医生的目光落在孕妇隆起的肚子上，十分和蔼地说等大队部杀猪，他会弄一块好肉来。他说这话时，她的父亲已经双肩下垂拿着铁钎干活去了。

有一天，太阳刚从东树林斜刺进屋门口，杨医生就披着一身朝霞来了。肉用旧报纸包着像只油腻的大馒头，她母亲眼睛大放泪光，捧着"大馒头"使劲闻着猪油香，都忘了感恩道谢。旧报纸洗出来的油水做了一锅汤，那坨肉全家吃了半个月，经常用猪油在嘴上抹一圈，看起来油光闪闪，丰衣足食。

事实上杨医生送肉来，不送肉也来，有时进门，有时路过。不管早晨黄昏、刮风落雨，他都不急不缓，身影在溪岸边无声飘移。从树林的西边角出现，在东边角消失，他通常有五分钟的时间停在她母亲的视线范围内。杨医生关心她父亲的病，什么药都舍得拿出来，要是到了新药品，也替她父亲留着，说药是按原价分文不赚。他多肉的脸在金家屋里慢慢地散发仁慈的光辉，像尊活菩萨。

她母亲在溪边洗衣，手指冻得像胡萝卜根根通红。恰好杨医生斜挎医药箱，背带勒进军棉袄，裤腿短出一截，露出黑鞋白袜，像是忽然长了个儿。他头顶的那几根荒草显得十

但生活于她总是拖泥带水，
她拗不过命。

分凄凉。这时快过年了,偶尔有带哨的冲天炮划过天空,像是测量寂静的深度,响声过后,长着绿苔似的清冷像水一样重新覆没上来。年边是收债的时间,各种米债主、油债主、钱债主在村里走动,希望收回借出的二两猪油、几升大米、一点现金。杨医生也会上门结算医药费,这时候他箱子里装的不是药,而是钱,那些又皱又咸的纸币,蓬蓬松松地堆在箱子里。但杨医生没有提钱的事,只是望着她母亲肥鹅一样的身体,问她有没有分到过年的猪肉。听她母亲说今年怀孩子,工分挣得不够,又没去修防洪堤,算来算去还倒欠队里的,杨医生就像批评小学生做错了数学题,说过年没肉哪像过年,他分了一块五花肉,匀出半斤来给她。她母亲感动得用十根"胡萝卜"捂住了脸,眉毛一下挤得通红,像是要把自己憋死才不会哭出来。杨医生又说肚子里的娃娃也是要过年的,言毕为自己的幽默配上笑容,最后问起病人的情况。

她母亲用红萝卜手指擦掉眼泪,说病人如何不好。杨医生听了很吃惊,认为这么多药都吃不好,说不定是刻碑时碰了煞,也许该请法师画符念咒。她母亲说那是迷信。杨医生说有些神秘的东西是科学解释不清的,只能死马当活马医。她母亲觉得将她的男人比作死马未免太难听,她男人既然是跟鬼打交道的,什么鬼没见过,他自己就是煞,鬼都怕,但她没说这个话。

3

她躺在竹凉床上。星星闪烁,蚊子飞舞。她父亲在月光下擦汗。杨医生路过,拐进来抽烟蹭月色。她父亲让出有靠背的椅子,以便杨医生坐得舒服一些。他不大会聊天,也从不打断别人的长篇大论。杨医生照样说了一番他的病人,列举了他的医术功绩,抽着她父亲给他点燃的烟,月光在烟雾中神秘轻盈。她母亲适时提问,添加润滑剂般使杨医生的谈话运转更加生动。

她的父亲清了清嗓子似乎要发表什么言论,但他什么也没说,静静地坐在模糊的月光中,然后从竹凉床上抱起她在地坪里走来走去。

田里的青蛙呱呱叫个不停,溪水流过满天的星。一个长着两个脑袋的怪影。他们已经踱步到溪边,像是故意避开什么。没准此时她父亲知道自己活不长了,有心要为她找个可靠的父亲。

田里的青蛙呱呱叫个不停,溪水流过满天的星。荧火虫落入荆棘丛里,闪闪烁烁。她父亲好像心事重重,又似乎满怀愉悦。溪边柳条轻摇,风灌满了他的肺,他胸腔内有个抽风机呼呼地响。

野鸭子飞起来落在溪水里。星星像喝醉了似的摇晃。夜蝉叫唤着，声音疲惫。这个普通的乡村夜晚，杨医生聊得自在欢喜，一点都不着急回家。平时她母亲总会让丈夫借着星光月光进屋取东拿西，但这个晚上她没有使唤他。发白的地坪上，她和杨医生的黑影一会儿相叠一会儿错开。也许因为弯曲的溪岸造成的视觉差。她父亲抱着她走来走去，胸腔的呼吸声越来越响。他踹了一脚黑东西，不料是一坨臭牛屎。在溪边洗脚时，他弄得溪水哗哗响，眼看着被搅碎的月亮慢慢恢复原样，才磨磨蹭蹭往回走动。

地坪里一股万金油味，杨医生正上下抓挠。她母亲大声说蚊子今天改善生活了。杨医生打出一连串的哈哈，像老母鸡带着鸡崽奔出鸡笼，最后还有两只哈哈鸡掉了队。她父亲放下她，摸黑进了屋，外面听得见他将瓜瓢伸到水缸里舀水喝的声响。杨医生就是这时起身走掉的。

她父亲的死有多种说法。有人说是病死的，可谁也不知他得的什么病。有人说他原本没有大病，是吃杨医生箱子里的药吃死的。更有人说她父亲是个新版武大郎，被奸夫淫妇谋害的。有人说她是个不祥之物，克死了自己的父亲。她父亲为了抢到黑绸布给她做棉袄，没等别人的追悼会结束，就将绸布缠在脖子上，被人勒断了脖子。杨医生最后一次给他看了病，翻开他的眼皮，拿小手电筒照了照，最后关上棕皮箱，像合上棺盖。

4

用一句话就可以概括她的爷爷："像个私塾先生教她读书写字并于她十二岁那年春天离世。"她爷爷同样值得一说：中年得子，两年后妻子病故，终生未续。年轻时凿碑，左眼被石屑毁了，用一只眼睛看世界，看得头头是道。她爷爷是一个正直的人，一身坦荡正气，不沾烟酒不赌博，一门心思吟诗作对拟写碑文。鳏居后没爬过女人的窗，没听过寡妇的壁，也不参与谈论与女人有关的下流话，他认为那样不尊重女人，尤其是女人给男人带来那么多快活与美好的时光。不能因为她们长着与男人不同的器官而对她们轻浮取乐，她们哺育生命的乳房也不应该随便亵渎，这类做法损害的终究是男人自己的尊严。

她爷爷的小屋散发着神秘温馨的光晕，幽暗的光线，轻烟不断的香炷，桌上笔墨纸砚，墙上神怪图画，样子凶恶但并不可怕。他就是在这里教她读古书写古字，没人知道怪老头是怎么将那些知识灌进她脑袋里的。

她曾经正式上过一阵学。学校不过是一座破败的古庙，前门有数十级麻石台阶，天井里一棵老槐树遮天蔽日。当时的老师一看她的模样就说名额已满，哪知她母亲有备而来，将黑母鸡往台面一摆，母鸡红冠一抖拉出一泡稀屎，她母亲衣袖一拂，揩去鸡屎的同时，顺势将黑母鸡往老师怀里一推，近乎威协地说："这只黑鸡婆专下双黄蛋，一天下一个，有时候憋不住，一天下两个。"

也许是被她母亲袖拂鸡屎的麻利打动，也许是屈服于黑母鸡一天下两个双黄蛋的威胁，老师两腿麻利地夹住黑母鸡，用英雄牌钢笔将她的名字填上了花名册。这个教语文数学兼班主任的老师姓孙名燕裘，从不掩饰心里对她的厌恶，经常拧着她的腮帮子，咬牙切齿地说："猪教三遍都会了"。这个脸圆眼鼓长相惊愕的老师，经常用手在她的脸上练习捏敲弹拧扇。后来她爷爷看到孙女脸上不断出现的伤痕，决定揽下教育职责。那时候杨医生已经公开对她母亲示好，殷勤得让很多妇女嫉妒。那些尤机可乘的男人只好在外围嗅，谁也不敢抢杨医生嘴里的肉。杨医生从不避讳孤男寡女独处之嫌，坐在椅子上跷起二郎腿谈婚事，隔三岔五地来，给他想要的女人买头巾讨她欢心，直到他说家里房子收拾好了，刷了白墙，添了家具，弹了棉被褥，都是雪白崭新的棉花。

她母亲夜里头辗转反侧摸着她的头发说:"你也看到了,杨医生是个好人,又诚心实意,这事总得有个结果,对吧?"

此后不久,她爷爷主动谈起改嫁的事。他认为这是女人的自由,她应该去追求新的生活。她母亲和杨医生成亲的那天,三天三夜的北风搅干了地上的水分,一场百年不遇的鹅毛大雪垒封了门。她就这样跟母亲搬到了杨医生家。杨医生有很多家规,这个不能动,那个不能碰,要是在什么家具上留下刮痕,杨医生就会弯起手指头敲她脑袋咒骂她。

真正使杨医生苦恼的东西不是她,他热切关心的是妻子的月经,他有更重要的使命。但他妻子每个月都去买草纸,一次次刺激杨医生急于传宗接代的敏感神经,所以每个月总有那么几天,他就像来了月经似的表现出焦灼与无力,直到他妻子体内新的卵子诞生,他为延续医学世家香火重整旗鼓,以背水一战的悲壮将成千上万的"勇士"注入妻子的子宫。

杨医生毫不避讳,当着她的面在饭桌上谈论夜里要干的事情,生儿子的偏方,最佳受孕的体位……人们认为世界上没有比让一个女人不断生孩子更容易的了,所以杨医生的造人难题受到全村的密切关注,而失败的消息总是由代销店开始,当他妻子抱着草纸转身之后立刻传遍全村。在这件事情上她母亲相当淡定,每次去买草纸都有杨医生察觉不到的高兴。于是杨医生看她的眼神越发带着剜意——在这里用凉飕飕、阴森森、冷冰冰，都无法准确描述出杨医生眼里憎恨的力度。

5

孙老师被她上蹿下跳的癫狂成绩弄得满头雾水后终于做了一次家访。那时还没有家访这种说法，就是上门来喝杯芝麻豆子茶，了解家族遗传病史并研究探讨她那颗神秘的脑袋。她母亲和杨医生在杨家列祖列宗牌位陈列的堂屋里接待了孙老师，同时在场的还有墙上的主席。杨医生家的主席和别人家的不同，他家的主席用镶金边的相框装裱得端正气派——这是要花一大笔钱的，舍得把钱花在这种修饰上也最见诚心。孙老师因此对杨医生有几分恭敬，当他们共同缅怀了一番主席之后，气氛变得相当融洽。

孙老师说话时脸总是对着杨医生，好像她母亲只是个管不了事的仆人。她一口一句你女儿如何如何，逼得杨医生不得不提到那个刻碑人的死，她父亲就是这样突兀地出现在这样的语境下，让孙老师和她母亲同感尴尬。杨医生撇清了杨姓家族不存在基因问题之后手脚舒展，甚至还与孙老师相视一笑。她母亲没准捕捉到了这一点，不知道为什么她手里一直握着一根鸡毛掸子，这时就一遍遍地拂着并无尘灰的桌面。

杨医生第一次听说特殊学校，就问孙老师特殊在什么地方。孙老师以为人师表的骄傲解释起来，说就是专门接收有问题的学生，比如大小便拉裤裆的，从垃圾里掏东西的，在花丛里摘叶子吃的，说白了就是各种智力残疾的。她母亲挥舞着鸡毛掸子到处刷。杨医生没有附和，又问孙老师特殊学校在哪儿，孙老师说在长沙。杨医生朗诵似的"噢"了一声，像账房先生捻着疏须算起账来，比如省城路途遥远，坐汽车都要四个小时，不知道那学校是不是包吃包住。孙老师给了杨医生意味深长的一瞥，继续展示她的见多识广，说特殊学校只是学生特殊、教育方式特殊。

多年的行医卖药使杨医生训练出很快的心算能力，那是一笔不小的开销，于是讪笑着点燃香烟并指望妻子来收拾残局。她母亲正用鸡毛掸子撵一只掉进空米桶的小老鼠，戳得老鼠吱吱叫。她拎着老鼠尾巴，老鼠诈尸，直到被杨医生用火钳夹住，才又挣扎起来。就在老鼠的吱吱惨叫声中，她母亲单方面结束了孙老师的家访。孙老师不知什么时候将长辫子在脖子上围了几圈，她一面将辫子复位一面跨过门槛，一只鹅朝她冲过来，她麻利地一脚踹开。

这次家访之后不久，她爷爷全心教她读书，且对他唯一的学生赞不绝口，说她如何过目不忘，说她储存知识的方式就像牛那四个胃处理食物，并且到处宣扬，村里人便觉得金老头神志不清离死不远了。

晚饭后，她通常由爷爷送回杨医生家，有时是她母亲提着马灯来接。在月光明亮的夜晚，她母亲会带上香脆点心陪爷爷在屋里坐上一阵。

6

人们知道杨医生为了让他女人怀孕拜了祖宗拜佛祖，拜了佛祖拜观音，连田埂边那个饭桌大的土地庙也不放过，要是有人说哪头猪有灵性，给猪磕头这样的事他肯定做得出来。改革开放了，形势变化了，具体问题具体分析，不管黑猫白猫捉到老鼠的就是好猫，不管门神灶神，能让他女人怀孕的就是真神。除此之外，杨医生也自创偏方晒睾丸、消炎补钙、活跃精子，他的睾丸比全村其他所有的睾丸享有更多的户外运动，在自由和见识方面让别的睾丸望尘莫及。

村里只有金小民带她玩。金小民的腮骨突出，脸有点方，一双小眼睛活动并不一致，右眼蓄着清水亮光，左眼总是特立独行,目光向别处——通俗点说,就是外斜视瞟眼。他笑起来总是嘿嘿两声,用秤量过斤两似的绝不多添少减。有一回在河滩上,金小民对她说,村里都看出她父亲脸上早就有了死人的颜色,手腕乏力,刻的字又浅又轻,凿击声像啄木鸟啄树,咳嗽起来却惊天动地。杨医生那个人,与其说是给她父亲看病,不如说是兴致勃勃地观看他的病人怎么一步步变成死人——持这种论调的大多数是杨医生的潜在情敌,人们明白刻碑匠的死亡意味着什么。

金小民的父亲是被牛顶死的。这是她出生那年的事。她跟着金小民捉田鸡抓泥鳅在溪水里钓鱼摸虾,他爬树偷桃子摘橘子,她就在下面捡——他们做了一阵好搭档。金小民不是多话的人,但跟她在一起会说个不停,说他家的自留地产量全村最高,缴纳公粮之后有稻谷剩余一箩筐,但他妈还是整天闷闷不乐,动不动就想死。金小民经常去镇里卖掉地里种出来的东西,顺便带些日用品或塑料制品回来倒卖,后来将墙面凿了一扇窗,人们从这窗口可以看见摆放整齐的零食和日用品,以及金小民埋头看书的样子。

金小民的母亲和她的母亲是朋友,两个死了丈夫的女人不需要通过交换他人的秘密出卖别个的隐私换取信任,而是基于共同的命运就亲密无间了。她们掌握彼此心灵最真实的部分。她母亲知道金小民的母亲想死,金小民的母亲知道她母亲不想怀孕。两个女人经常在苦楝树下，在油菜花边，站着坐着蹲着低声交谈。她母亲试图将自己的能量传递给那个不想活的女人，那个不想活的女人支持她母亲不再把新的生命带到这样的人间。

有一天她母亲很晚才来接她回家，因为她去金小民家，恰好听到屋里凳子倒翻的声音，进屋发现他母亲悬吊横梁上。她母亲救下她，安抚寻死者。她的嗓门时大时小，说着说着就说到了自己的命运，说起她自己的父母与几个兄弟姐妹，头一回计算清楚她这辈子总共失去了十几个亲人，她被这个数字吓哭了。她又提到了再婚的事情，原本以为找了个好依靠，没想到杨医生嫌弃她的女儿，要是她怀上杨医生的种，将来她女儿更不好过。

"咱们女人与穷斗与饿斗，还要与自己的男人斗。"她晃动扎着两把短刷子的脑袋，"我是恨不得明天就绝经。"

金小民的母亲缓过神来，注意力开始放在从死人堆中爬出来的另一个女人身上，她们之间有一阵比较平静与正常的对话。金小民的母亲恢复神志的同时，乡村妇女的八卦本性也焕发生命，关于绝经的话吸引了她，本能地提出了一个尖锐的问题：

"你是怎么做到不怀孕的？"

接下来全是专业私房话，在讨论避孕膜和避孕药哪种更安全时，问题就绕到了关键点。

她母亲有时用避孕膜，有时吃避孕药，但一向正常的例假还是停了。她就是为这个事情来的。她想请教这个比自己年长八岁的女人关于堕胎的事，那种手术疼不疼，有没有生命危险。金小民的母亲这方面经验并不丰富，她只怀过金小民，不过提供了她表姐的堕胎经历。

"那事儿跟摘没熟的果子一样，要额外费点劲，会伤到小枝小丫，但不至于整棵树会完蛋。"

她母亲本想获取真实的经验，结果只得到一个比喻。困惑之余，将堕胎与救人联系起来，似乎减轻了堕胎的罪孽。

那天晚上，她母亲紧紧地攥着她的手走路，她们在月光下的大石头上歇了一阵。她回到家就属于杨医生，而她也得上床睡觉，这段路程是母女俩单独相处的机会。朗朗满月悬在她们头顶，世界像黑白版画，月光在她母亲低垂的脸侧画出银色的轮廓，同时大块地涂白了道路与溪流。庄稼在夜晚显得神圣。她母亲搂着她的肩膀，似乎说了什么，又似乎什么也没说。

事实上她母亲的堕胎态度并不坚决，在那个晚上的月光下表现尤为明显。处理这个问题比她想象中的艰难，她除了向一个总是想死的女人说说心里话，剩下的就是揽着她反应缓慢的小姑娘一遍遍地呼吸。她们呼吸了一会儿月光，溪水闪烁像不停地眨着眼睛。她们呼吸了一阵清风,也呼吸夹在风里的虫鸣声。夜色那么美好,如果人生没有什么为难的话,她们应该是在月光下奔跑,而不是像雕塑焊在石头上,任凭月光灼烤。

"你现在才七岁,我真希望你已经十七岁了。"

此刻的母亲疲惫脆弱,她母亲背起她往回走。她一只手抓着母亲的短发刷子,随着母亲行走的节奏沉沉入睡。这个夜晚之后,她母亲重新果敢泼辣,对杨医生撒了个谎就进了城,不但堕了胎还上了环,面色苍白地出现在她爷爷家。那时已经接近晚饭时分,她母亲搂着她坐在靠椅上,面带欣慰,她爷爷额外煮了两个荷包蛋,他们没怎么说话,三个人在渐渐变黑的屋子里平静安详。回去的路上,她的母亲走得比一个小孩子还慢,以至于杨医生劈头就说:"怎么这么晚才回来,老子快饿死了。"

如果说胎儿是家产,至少有一半是属于杨医生的,她母亲就像私吞了家庭财产一样心里亏欠,安排她睡下之后,就去给杨医生煮面条。村里的男人没几个会下厨给女人做饭,有的是不会做,有的是不愿这么做,杨医生属于会做不做那一类,甚至拒绝做给自己吃,因为那是他女人的事情,他宁愿饿着肚子来指证她的失职。

杨医生将杯子扔到墙上表示他很生气,让杨医生更气的是杯子不但没有发出令人惊惧的碎裂脆响，还若无其事地在地上打滚。于是他又将矛头指向她，他眼里对她的那股剜意化作了语言，毫不掩饰地表现出来，他认为是她的存在导致他事事不顺。

杨医生的话戳到她母亲的痛处，可她累得连说话的力气也没有。那天晚上娘俩睡一个枕头，她听到母亲睫毛扫拂枕头的声音，似乎因为眼睫毛过度工作，第二天早上她母亲的眼睛有些红肿。她在该煮早餐的时候却翻箱倒柜收拾东西，这时候她们家那狮子似的茅草屋至关重要，是她母亲唯一能去的地方。但是杨医生截住了她母亲的包裹，他们纠缠了一阵。她母亲站着不动，杨医生朝她母亲跪下来，她母亲转过身去，杨医生就挪动膝盖追她母亲。她母亲后来解散了包裹将东西放回原处。她们的早餐比往常迟了些，但也没迟多久，杨医生还给她夹了一筷子菜。她母亲提出杀掉那只不生蛋的母鸡改善伙食，杨医生二话不说就磨刀杀鸡。

杨医生一跪之后，她母亲傻了一阵，但用不了多久她就会明白，一个随便下跪的男人是什么都做得出来的，对男人并没多少了解的她，注定要为杨医生那一跪的虚情假意搭进性命。

7

溪边荒地成了行刑地。村里人很高兴能在家门口观赏处决死刑犯，但没想到厄运降临，本村诞生了一个流氓犯罪团伙，悲伤从八个家庭弥漫出来，笼罩着整个村庄。金小民是团伙里最小的犯人。罪犯们分两排陈列在军用卡车里，反剪双手，脖子上挂着一块大牌子，上面写着人名与罪名。首犯将被处决。村里人早早地吃饱饭，就像端午节看龙舟般聚集在溪边等着这一刻。囚犯们仿佛在高高的舞台上，面对热情期待的观众，羞涩地低下被剃光了的头。她的七舅苗七娃也从山那边赶过来了。苗七娃跟他姐姐长得不像，葫芦形脸上窄下宽，两腮堆积着不满与愤懑，粗糙的毛孔里塞满了生活的艰辛。兄妹俩唯一的共同点就是眼窝深眼睫毛又长又翘。他的兴趣集中在犯人身上，对她并没多瞧一眼。事后到杨医生家吃饭，对子弹击中首犯，他的身体怎么一颤、一震、一挺，最后瘫倒下来的景况，说得绘声绘色。

人们接受现实，悲伤渐渐散去。但金小民的母亲一直哭，头不梳饭不做丢三落四，冬天还没到头发已先降白霜。她母亲将照顾她视为己任，经常送菜送饭，聊天开导，但一年后金小民的母亲还是自杀了,她喝下一瓶敌敌畏。她母亲带她坐在一辆一身黄泥的汽车里晃荡了几个小时去探监,给金小民带去衣服和食品,咽下了他母亲的死讯,只说他妈身体不太好来不了。

说起来金小民进监狱还是杨医生的功劳。杨医生没料到自己打个小报告就制造一死数囚,一开始心里挺惶恐,但是没人对他翻白眼吐口水,也没人为此愤愤不平,那些当初主张消灭她这个"邪物"的勇敢者这时也变得胆小懦弱。紧接着杨医生在村里的威信扶摇直上,成了村书记,黑色公文包取代了医用棕皮箱,"杨书记"的称呼取代了"杨医生",他不再背着棕皮箱游走行医,而是在夹着公文包参加各种大小会议之余,坐在家里缓慢地给上门的乡亲看病开药。改嫁再婚的女人原本是像烂药渣,但这个女人要是成为书记夫人就另当别论。

孙老师在一个东边云彩橙红的清晨来到杨医生家劝她回校读书,这时候她说她智力超常,在她多年的教学生涯中从没见过这么聪明的孩子,她也表示人们容易将天才与傻子搞混。她母亲和杨医生还是在陈列杨家列祖列宗牌位与主席像的堂屋用滚烫的芝麻豆子姜丝茶接待孙老师,孙老师表示会特别关照。杨医生就任书记时间不长,但已经迅速掌握了如何不言自威,尤其使用被烟熏似的半睁半闭的眼睛虚掩这扇心灵的窗户。

她母亲还是苹果脸加两把短刷子眼睫毛又长又翘,她拿出她的作业交给孙老师。孙老师像面对贵重丝绸般接过那页普通的作业纸,仿佛很小心指上的倒刺或指甲钩坏纱丝。检查过程中她的金鱼眼显得更为突出,渐渐地,她的表情难以描述。她赞叹她是天才,赞叹着喝光茶水嚼着姜丝豆子芝麻渣,面带夸张愉悦地说,她水平比当老师的还高,看来只有等着教杨书记未来的孩子了。这句自找台阶的客套话使杨医生的眼缝顿时阔了些许,肤色白皙的孙老师霎时满脸通红,意识到自己说了不合时宜的话,然而正是她脸上白里透红的瞬间,杨医生微怒的表情随物赋形化作笑。

这时她母亲已经忙着放鸡喂食将鸭子赶到池塘里,错过了孙老师近乎娇羞的仪态,自然也没听见他们两颗心碰撞的怦然声响。她没往坏的方面想,没什么能动摇杨医生那一跪在她心里铸就的踏实。她也不在意"书记"这个头衔替代丈夫的职责,杨医生在她面前并不收敛他混合医学世家与为官的傲慢,她甚至认为那是一个书记应有的样子。

她的母亲是否进入了书记夫人的角色并不重要,不幸的是宣传小组下乡捅了她的娄子。

8

那是个油菜花金粉滚滚蜜蜂嗡嗡的好天气,也是农闲无事动物交配的躁动季节。暖融融的情欲随春风流动。以前人们讥笑杨医生的造人态势,现在庄严地操心杨书记的生殖繁衍,尤其是妇女主任段美玲,主动一对一协助她的母亲。段美玲过去是生产队的骨干,和她的母亲一起唱山歌对山歌也曾风骚也曾活泼,年纪上来职位改变,她的脸就像罩了个面具,肌肉都是死的,瓜皮发型毫不含糊地紧扣着头皮。

段美玲是杀猪高手,她家的墙壁上还挂着她手拿屠刀对准猪颈窝的照片。她曾与另一位配种先进分子结下姐妹情谊,那是一个专给母马配种的姑娘,日常工作就是伸手进母马体内揉摸卵巢,检测是否发情并进行人工授精,这位先进在工作中不幸被马踢中小腹后一直怀不上孩子,段美玲的各种交配受孕知识就是从她这儿来的。

当杀猪的光辉成为历史,沉寂多年的段美玲走马上任妇女主任,奉献余热的喜悦就在她奔走中的脸上熠熠闪光,她熟稔于胸的语录在劝导妇女终止妊娠的交谈中像鱼儿蹦出水面,既突兀又自然,因此显得恰到好处水平显著。

段美玲用扑克脸的表情给她母亲提供了一系列房中术，特别提到交配之后倒立并两腿叉开保持三分钟。她的母亲作为一个嫁过两次的妇女对这些闻所未闻，她想方设法不让精子着床，自然也没兴趣在床上练杂耍。当主题为"保护妇女身心健康"的宣传组进村，拉她的母亲去现场时，段美玲的面部肌肉意外灵活多变。她的母亲本来觉得这种事跟她没关系，可段主任夺下她手中的鸡食盆将她拽到了服务现场。

宣传标语拽弯了小树的细胳膊，横的竖的挂的飘的荡漾着热闹喜庆。屋墙布置成了生殖展览，各种与生育有关的图片色彩斑斓。女人们像好奇的雏鸡叽叽喳喳。被称为韩医生的短发女人强调政策之要，然后切入正题，讲完排卵期与XY染色体，忽以极为甜蜜轻柔的声调描述流产引产上环结扎对身体并无伤害，好像她提到的是一种糖果，人人都该品尝。最后发放免费物品时女人们一阵骚动。嗅觉灵敏的人已经闻到了橡胶的味道。韩医生一边拿着样板解释盒子上的使用说明，一边微笑着，目光扫视她表情憨厚的观众。这些盒子里的东西后来被孩子们吹起来经常飘浮在村子上空，像信使般传递着村里人的夜生活动态。

当图文手册、生殖健康指南被妇女们抢夺一空，韩医生的工作宣告结束，段主任上去跟她握手致谢，并向韩医生介绍了"书记夫人"。段主任娴熟地描述了书记与书记夫人长期努力皆白费的特殊情况，并恭维了韩医生一番，她忘了韩医生是人流和结扎手术的专家，最拿手的是终止妊娠，而不是撮合精子与卵子。

段主任有本妇女生育簿，详细地记录女人的生育信息以及月经时间，她每天在村里走动，殷勤观察子宫动态并及时解决突发问题。段美玲的热心，是她母亲的灾难。因为韩医生有一本妇女手术花名册，比段主任的生育簿更为详尽有序，几时堕胎，几时引产，几时上环，连麻醉师护士的名字都一清二楚。她母亲在那些密密麻麻的描述中占有一席之地，简要说来就是：

苗九妹，育有一女。怀孕两月。堕胎。上环。

也怪她母亲的名字太特别，秘密就这样暴露了。秘密悄无声息地飞呀飞，飞抵杨医生耳中要等到来年秋风起秋叶黄。这期间杨医生有足够的时间将自己的生殖器插入孙燕裘的幽暗处，她的母亲有足够的愉悦哼着小曲梳理她的两把短刷子浑然不觉。

9

她这时已经十二岁，无法把稻秧插齐，也不能像她母亲那样让镰刀在收割时发出嚓嚓的节奏、美妙的声响。但杨书记及其家人不需亲自下地，只要他定下哪天插秧哪天收割，那几亩自留地就不够村里的热心人忙上半天的。这时她的母亲就会煮一锅灶火饭，将锅巴碾烂倒上米汤搅成粥，大盆辣椒炒肉摆在桌子中间，守护周围的是茄子豆角炸辣椒，对他们付出的劳动表示感谢。她的母亲成为书记夫人后，处理稻谷上缴公粮之类的后续也不用操心了，总有人自愿出力，而且下手不快就会被人捷足先登。

杨医生在家宴中放下了书记的威严，就像脱下正装换上闲服，表现具有亲和力的医学世家风度，引导着桌上的话题。桌上的奉承话使杨医生头顶的荒草生机勃勃，他需要不断地用手去抚摸并使它们安分服帖。

她母亲作为书记夫人也附带收到很多漂亮话，人们不吝好词好句打扮她，在别的场景下对她的议论则不堪入耳。最难听的是，说她与杨医生勾搭成奸合谋害夫逍遥法外，除了死人，没有一个不对她母亲磨牙的。人们还说杨医生有一双睁不开的种猪眼，原来要借看病的时机摸女人的胸，当了书记后是别人送上门来让他摸，孙燕裘就是他们确信的一个。

原先人们议论这个三十多岁的未婚大龄妇女有没有性生活，后来就有人看见她和杨医生具体的性生活，说孙老师的长头发散开来像毛毯般盖着两具赤裸的躯体，场面阴森诡异。有些不解风情的人对于孙燕裹压在杨医生上面的景况表示不解，堂堂的村支书怎么会斗不过一个女人。

很难讲她的母亲是真不知道还是装不知情，反正夫妻间没暴露这方面的矛盾。杨医生跟她继续造人，但多了顺其自然的意味，因为他已经开始在希望的田野上播撒种子。她的初潮就在这期间到来，她母亲对此百感交集，她母亲这时已经散开两把短刷子，烫得蓬蓬松松的，配得上书记夫人的洋气，只是成为夫人之前刻上她母亲苹果脸的生活难以磨灭。

她爷爷一命呜呼时谁也不在，不知道他是夜里几点钟死的，抹尸换衣时关节折出脆响。丧事简单仓促，好比滚进席子往坑里一扔完事，只不过水泥棺材扔起来费劲，要十六个人抬到墓地才了结了他。这种草率凄清与他亲自精雕细刻繁花堆锦的棺材很不相衬。这合乎他的理想，毫无埋怨静静地躺在清风中，等着野草从他的坟堆上长出来，没有人用鞭炮或哭响去惊扰他。

她已是成人的身高，在杨医生家格外显眼占地方。母亲总是保护她。她不知道，再过一年多，她那头发蓬松脸色红润的母亲就要离她而去。她那时只知道透过木格子窗看秋日长菊花黄，麻雀亲昵飞上飞下。她母亲教她煮饭做菜，训练她自力更生，比如挑水担柴捆草码砖，告诉她什么季节播什么种，点豆要挖坑，苦瓜要搭棚，南瓜藤爱爬坡，丝瓜种在塘边长得更水灵。教她如何成为一个合格的农妇，试图率先解决她未来生活中可能遇到的难题。

她母亲和杨医生的日常生活没什么可描述的，杨医生一心要延续医学世家香火，面对妻子每个月来临的例假心里备受折磨，他们婚姻中潜藏着秘密风险。孙燕裘那里的希望也一次次破灭，杨医生撒播的种子未能在女人肥沃的土地扎根，倒像蒲公英一样随风飘散，这让他莫名地恨风，一起风就要骂，要是风刮得呜呜叫，他就摔东西表示愤怒。

杨医生就是在地坪里的草屑尘灰被一阵龙卷风卷扫时对妻子大打出手的。

这一天杨医生知道了两件事。第一件是孙燕裘去医院检查了，确认先天性无卵巢，这个"中看不中用"的女人一生都没有嫁出去。第二件事就是关于她母亲堕胎的那只蝴蝶终于飞来了，蝴蝶是怎么找到杨医生的无须细说，总之没有一朵花会阻止蝴蝶翩翩起舞，一个女人贵为书记夫人却不履行传宗接代的职责，人们巴不得杨医生发现她让杨家断于绝孙的歹毒，将这个不懂谢隆恩的寡妇打回原形。

当时的情形是，杨医生像一头中枪的狼龇着牙低着头下巴前伸但并不嗥叫，那两条曾经下跪的腿一步接一步像踩在齐膝深的积雪里般将妻子逼到死角。在杨家列祖列宗牌位前他扬起巴掌扇过去，打得她脑袋撞到墙上嘭的一响，这声响带来快意，他揪住她的头发，让脑袋与墙面持续发出让他愉悦的撞击声。

她母亲完全被自己擅自处理"家庭共同财产"而生的亏欠感所控制，她理解杨医生的愤怒，像只布偶歪在墙角毫不反抗。她想着这一刻不会没尽头，如果他能揍她一顿了结此事，倒也搬走了她心上的石头解放了她。但事情不是她想的那样，她最大的失败就是从没认清向她下跪的男人，又轻信了一夜夫妻百日恩的古老传说。那个总是知道该怎么做的女人除了用双手抱着脑袋没做别的，她本可以跳起来一头将施暴者撞倒在地，扑上去撕咬他，用她那只拎得起一大桶尿水的右手握紧拳头，揍那张发了酵的面粉脸，这样杨医生就没有机会抓起那根旧木条抽打过来，她就不用发出那一声撕心裂肺的惨叫，木条上的锈钉子也不会像扎萝卜似的扎进她的肉腿。

她母亲像一只待宰的鸡，正是这股柔弱助长了杨医生的气焰，也给了他充分的时间用他那双贵为书记的手抓住了致命的武器。一根木条一颗锈钉本不是要命的东西，当它们作为木条和钉子本身，危险性渺小到可以忽略，一旦与杨医生组合使用，就会法力无边。杨医生心里的仇恨化作钉子上的锈渍钻进了她母亲的肉体，他任由病菌滋长蔓延消灭她苹果脸上的红润光泽，破坏她的整个身体机能，照旧夹着公文包

杨医生打出一连串的哈哈,
像老母鸡带着鸡崽奔出鸡笼,
最后还有两只哈哈鸡掉了队。

出去开会并且一开开几天。

事实上即便锈钉子扎进妻子的肉里,即便杨医生不履行丈夫的职责,他只需尽一点医生道德,其实她也可以不死。她那声惨叫非同寻常,吓得杨医生松开木条退了几步,他仔细观察他的猎物,没想到她像个气球一击就爆,他感到失望,带着索然无味的败兴丢下猎物去吸烟喝茶犒劳自己。

这时候趴在屋上角的广播结束了铿锵豪迈的长篇评书《杨家将》。她母亲拔下钉子发出一声号叫。她躺着不动,好像很疲惫很眷恋泥土的潮冷,几乎要陷进去了。一只苍蝇在她头上几起几落,最后停在带血的锈钉上,兴奋地搓腿搔头,用它的舐吸式口器贪婪地吮吸那腥甜美味。食腐的苍蝇预示了她的死亡,然而她并不知道,她对这绿豆大的伤口并不在意。她很快单方面结束了这次战争,擦干血迹系了腰围巾,瘸着腿去给母猪接生。

猪牢屋那唯一的小窗像井口,从井口望下去,可以看见她母亲坐在稻草上安抚待产母猪的情绪,她轻轻抚摸着母猪肚子,一路追过来的苍蝇,在她周围嗡嗡地练习胆量,并且很快粘上身来。

杨医生走进了猪圈,光线随之变得更加幽暗。他没问她的伤口是怎么处理的,也没查看伤口情况。他站在那儿不声不响,好像在观看母猪生产。但这个直立的身影使母猪感到不安，它总想挪地方，她只好加倍抚慰，并对它说着那种她对别的产妇说过的话，这些话通常没有实际帮助，也使眼前的母猪变得更加焦虑。

这时候杨医生朝母猪跪下开始长篇大论，那一番混合着眼泪鼻涕的话，说的全是无后的耻辱，并因为愧对医学世祖扇了自己两耳光，要是不能够延续杨家香火，他将来也没脸见列祖列宗。他这时不再像打人时为多年来浪费大量"精兵良将"痛心疾首，也没有吼叫着要她归还他的"千军万马"，他态度低下神情软弱，好像匍匐在女王的脚下，哀求她点头交出子宫权。他甚至提起过去送给她的那些珍贵猪肉，帮她男人看病吃药，他说他当时做那些虽不是图什么回报，但她苗九妹至少不能恩将仇报。

杨医生几乎把整个人生说了个遍。她的母亲就是在这种情形下失去了那头母猪和应有的猪崽，猪圈里弥漫着一股死亡的血腥味。

10

杨医生说那句关于绝后的话时，也许脑子里涌动着秘密害死她父亲的种种细节，不自觉地说出了内心的隐忧，担心他女人知情并以这样的方式加以报复。这个时刻精心盘算着的赤脚医生像艺术家一样敏感多疑，他轻易抓住每一次装扮自己人生的机会，并将其涂抹得与众不同。他从时局中学到的远比从他赶种猪的前辈那里继承的深刻，他称自己青出于蓝胜于蓝。

妻子将金属环栽进子宫，丈夫如果选择离婚而不是将锈钉子拍进她的肉体，她的故事也没什么好讲的了。在二十世纪八十年代末，还没有什么人离婚，离婚和同居这种表现开放的词语还没出现，作为村书记的杨医生在这个事情上不可能率先树立负面形象，他选择下跪或将锈钉子拍进女人的腿。

她母亲能做的就是在伤口上擦抹锅灰，过去她也用这种偏方止血，但这种偏方似乎充满阶级意识，拒绝服务书记夫人的伤口。没多久书记夫人言行异常，她的颌部和颈部僵硬，看起来像是被什么事情激怒，但隐而不发。人们以为她闻到了孙老师留在杨医生身上的体味，连杨医生也出了几回虚汗，担心他在别的子宫里所做的事抵消妻子的堕胎之罪，一旦她心头的债务清除，他不确信他还能否掌控大局，但没准这也是刺激或惩罚她的最好方法。他不再探访孙燕裘无用的子宫。不久传说有人看见他从段美玲家后门出来，那时段美玲的丈夫刚刚收工，正赶着牛扛着犁蠕动在远处的田埂上，耕地耗尽了他的全部能量，脑子里想的是吃饱饭将身体放平在那张雕镂花纹的祖传旧式木床上，他八辈子都不会想到村支书也在这上面躺过。

她母亲很快变成一个攥紧拳头面带苦笑的人，不时停下来认真呼吸。人们很少看见一个人内心的痛苦会扭曲她的外貌，因生气而面部抽搐，肌肉痉挛。他们乐于欣赏书记夫人默默承受的样子，仿佛那是应付的代价，同时又希望她脾气爆发，撕破杨医生的脸皮，与孙燕裘战斗，与段美玲战斗，与所有潜在的情敌战斗，这样的大戏才是最欢乐的。

破伤风的病症和婚姻中的煎熬过于相似，直到她母亲用溃烂的伤口宣告死亡，人们才知道悲剧以喜剧的形式蒙蔽了世人的双眼，震惊之余看清了温柔肥白的杨医生内心的冷酷。她母亲死前一直跟她说话，说了两天两夜，那些混乱的语言除了证明她母亲意识模糊以外毫无实用价值。

段美玲主动过来帮忙擦身体换寿衣，眼泪掉在化纤质地的寿衣上，像雨水击打蛇皮袋子。也许她母亲堕胎上环的消息之蝶是段美玲带回来的，也许面对尸体她想到她们年轻时的友谊，对自己言辞的不慎产生悔恨，也许她流的只是简单的、人之常情的泪。

她七舅来了一趟，照旧对杨医生点头哈腰，感慨自己的妹妹福分太浅。他好像是专门来表达这个的，也没正眼瞧她,然后赶在大雪封路前打道回府。她母亲临死前将偷偷积攒的两百块钱交给她,这笔钱却被诬为偷窃的证据,杨医生将钱占为己有,说她是个贼,将她赶出家门。她在茅草屋用母亲教她的方法生活,在后院翻地播下菜种,眼看着就要结满茄子辣椒,在炎热的夏天长得嗞嗞作响。某天夜里,一场不明缘由的大火烧掉了茅草房,人们被从未见过的壮观烈焰迷住,静静地看着火势由盛转衰。

后　记

　　如果说这部小说集是一所房子，中篇《建筑伦理学》便是顶梁柱。我花了一年的时间回乡建房，从构想、画平面图、找施工队、洽谈、自购部分建材，到园林构建、装修设计，历经严寒酷暑，下泥坑、上屋顶、统筹、处理纠纷、调整关系，一砖一瓦，全过程亲历，事务复杂琐碎，相当于一部电影的制片人。这无意间成为创作前的体验生活、田野调查。完工后用两个月写下这个建房故事。因此严格说来，创作它总共花了十四个月。完稿搁置等待修改时，用三天时间创作了短篇《蔷薇不似牡丹开》，这部作品事实上可以看作《建筑伦理学》的余音。《夫妻店》和《她母亲的故事》均是由一部未出版的长篇小说其中的章节独立成篇。《圣诞快乐，劳伦斯先生》是最新完成的，以发生在朋友身上的真实交通事故为蓝本。

　　这几部作品的发生地都在我的故乡益阳，也都与伦理有关。

感谢作家出版社。尤其感谢编辑向萍女士的厚爱，愿意将它们汇集成册，又别出心裁，邀我自绘封面图，题写书名。我想着反正是在自己的地盘，也就不怕献丑。所以，通过这本书，多少可以看到我真实的面目，也或者说，与你们此前看到的面目有所不同。

感谢写作路上所有帮助和支持我的师友。

我唯一不想感谢的是生活，因为它过于沉重，但我热爱它。

盛可以
2024 年 5 月

图书在版编目(CIP)数据

建筑伦理学 / 盛可以著. -- 北京:作家出版社,2024.6
ISBN 978-7-5212-2774-1

Ⅰ.①建… Ⅱ.①盛… Ⅲ.①中篇小说-小说集-中国-当代②短篇小说-小说集-中国-当代 Ⅳ.①I247.7

中国国家版本馆CIP数据核字(2024)第065778号

建筑伦理学

作　　者:盛可以
责任编辑:向　萍　陈亚利
装帧设计:杜　江　周　侠
出版发行:作家出版社有限公司
社　　址:北京农展馆南里10号　　邮　编:100125
电话传真:86-10-65067186(发行中心及邮购部)
　　　　　86-10-65004079(总编室)
E-mail:zuojia @ zuojia.net.cn
http://www.zuojiachubanshe.com
印　　刷:河北京平诚乾印刷有限公司
成品尺寸:130×185
字　　数:144千
印　　张:8.25
版　　次:2024年6月第1版
印　　次:2024年6月第1次印刷
ISBN 978-7-5212-2774-1
定　　价:50.00元

作家版图书,版权所有,侵权必究。
作家版图书,印装错误可随时退换。